我和人美的故事

1951—2021

人民美术出版社 编

人民美術出版社
北京

图书在版编目（CIP）数据

我和“人美”的故事 / 人民美术出版社编. -- 北京 : 人民美术出版社, 2021.9

ISBN 978-7-102-08795-5

Ⅰ. ①我… Ⅱ. ①人… Ⅲ. ①散文集－中国－当代 Ⅳ. ①I267

中国版本图书馆CIP数据核字（2021）第173476号

我和“人美”的故事 WO HE "RENMEI" DE GUSHI

编辑出版 人民美术出版社

（北京市朝阳区东三环南路甲3号 邮编：100022）

http://www.renmei.com.cn

发行部：（010）67517602

网购部：（010）67517743

人民美术出版社 编

责任编辑 教富斌 秦晓磊 胡 姣

装帧设计 翟英东

责任校对 白劲光

责任印制 宋正伟

制 版 朝花制版中心

印 刷 雅迪云印（天津）科技有限公司

版 次：2021年9月 第1版

印 次：2021年9月 第1次印刷

开 本：710mm × 1000mm 1/16

印 张：15.5

ISBN 978-7-102-08795-5

定 价：88.00元

如有印装质量问题影响阅读，请与我社联系调换。（010）67517812

目　录

第六章 共赢

第七章 传承

编者按：人民美术出版社成立之前和之后的情况十分重要，但有些细节一直不是特别清楚，比如，毛主席发表指示的具体时间等。在社庆70周年的节点，社领导指定专人查阅相关资料，写出《毛主席的指示与人民美术出版社成立》一文，做了详细的考证和梳理。

《谈创作古文字书法作品的用字——以“人美”精神“中正大雅 朴真至美”金文集字为例》一文，集中探讨了人民美术出版社的社训“中正大雅 朴真至美”，从书法的角度探讨其集字的过程。这个过程严谨而缜密，字中的内涵深远。这些字是理想，是准则，是人美人的精神操守和一贯秉持的出版信条，也是每个人美人应该读懂的“大美”精神。

以上两文置于全书之首，一是澄清历史钩沉，使更多的人清楚那段尘封往事，是谓“不忘初心，方得始终”，二是说明人民美术出版社从北总布胡同32号到东三环南路甲3号，地理位置有所变化，但“人美”精神一直在发扬光大。

毛主席的指示与人民美术出版社成立

◎ 陆林华

人民美术出版社是新中国成立最早的中央级出版社之一，被誉为新中国美术出版事业的发源地。它是怎样成立的，又有哪些鲜为人知的历史？在人民美术出版社成立70周年之际，笔者查阅了相关资料，做一简要梳理。

新中国成立后，党和国家领导人高度重视年画、连环画对人民大众的教育普及作用。1949年11月27日，文化部公布了由毛泽东主席亲自签发的《关于开展新年画工作的指示》。这是中央政府文化部颁发的第一个文件。其中写道：“发展新连环画与新年画，改革旧连环画与旧年画，这是美术工作方面的重点。”自此，一场轰轰烈烈的新年画创作运动在全国展开。

毛泽东主席还指示时任中共中央宣传部副部长、文化部副部长的周扬：“连环画不仅小孩看，大人也看，文盲看，有知识的人也看。你们是不是搞一个出版社，出版一批新连环画，把那些宣扬神怪、武侠、迷信的旧连环画去掉？”

周扬找到时任文化部艺术局美术处处长的蔡若虹，请他负责组建一家专门出版连环画的机构，并为这家出版机构取名为大众图画出版社。

就这样，在党和国家最高领袖的亲切关怀下，新中国第一个国家级的连环画专业出版社——大众图画出版社应运而生。

关于大众图画出版社成立的时间，多年来，众多媒体和权威研究著述都认为是1950年初或春。这一看法大多来源于人美社老一代编辑家、连环画出版家姜维朴先生的文章。而姜老文章中提到的日期则来自蔡若虹先生的回忆文章《在党的领导下认真工作》(《蔡若虹文集》第675页)。

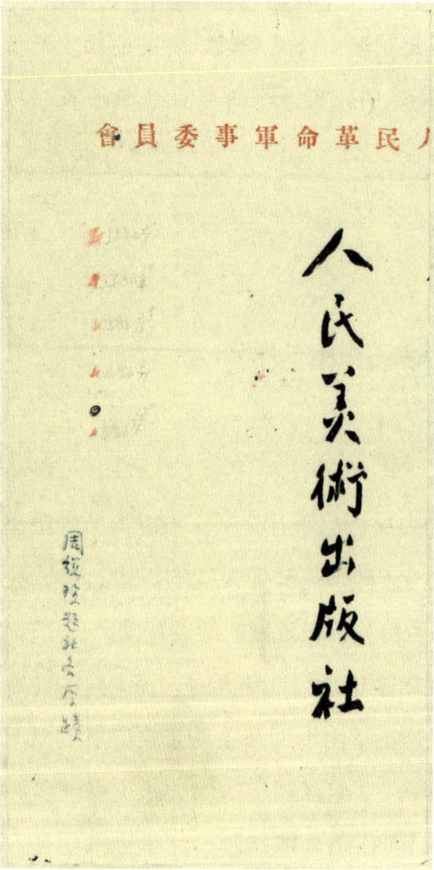

周总理题社名原件

2009年，为庆祝新中国成立60周年，姜老撰写了大型连环画理论著述《新中国连环画60年》。在回顾这段历史时，他专门请人到国家图书馆借阅了1949年10月1日后出版的《人民日报》，终于发现在12月30日《人民日报》第三版有这样一则报道：“负责编印新连环图画，大众图画出版社成立。京美术团体大量制作新年画。”报道的具体内容是：“新华社北京二十九日电，以编印新的连环图画（亦称小人书）为主要工作的大众图画出版社已于日前成立。连环图画销行甚广，对于儿童和部分不识字的成年人影响甚大。如何以合乎人民利益的新内容，代替现有许多连环图画中含有毒素的旧内容，成为一个最严重问题。中央人民政府文化部日前协同出版总署曾就这个问题进行商讨，并筹备组织了大众图画出版社……”

至此，大众图画出版社成立时间终于被确定。随后，姜老在《新中国连环画 60 年》一书中的第一篇文章《新中国连环画艺术的 60 年》中做了修改并写下了说明：“由于过去掌握的资料有误，曾在我的文章中将毛主席指示成立大众图画出版社的时间写成 1950 年春。现在由于找到了《人民日报》发表的报道，所以做了更改。”他同时还在《新中国连环画事业奠基人蔡若虹》一文关于大众图画出版社成立的记述中也做了说明：“原文时间为 1950 年初，现根据《人民日报》所载新华社报道，改为 1949 年 12 月。”

大众图画出版社在人民美术出版社成立之前就已经开启了新中国美术出版的大门。它聚集了刘继卣、钟惦棐、贾芝、刘建庵、徐淦等一批文艺家，先后出版了《鸡毛信》《东郭先生》《三打祝家庄》《新儿女英雄传》等多种思想健康、艺术形式新颖的新连环画，为新中国的连环画改造发挥了引领示范作用。蔡若虹先生在 80 寿辰时曾动情地回忆起当年的情景：“我们白天办公，晚上给大众图画出版社编写脚本。今天看来，我只是一个认真的执行者，发起人是毛主席。毛主席真是个了不起的人，心中不知要操劳多少事情。”

1950 年 9 月，第一届全国出版会议在北京召开。10 月，为贯彻会议精神，出版总署发布了《关于决定成立人民美术出版社的决议》，决定成立人民美术出版社。

筹备工作于 1950 年 11 月开始。从这时起，筹备中的人民美术出版社开始陆续出版人民领袖像、宣传画、连环画和一般美术画册、图片等。如 1950 年 11 月，出版画册《宣传画参考资料第一辑》；12 月，出版画册《戳穿纸老虎》《宣传画参考资料第二辑》及通俗画册《苦从何来》（蔡若虹编绘）、年画《毛主席和农民谈话》等。1951 年 2 月，出版美术画册《反侵略漫画选集》、电影连环画《卫国保家》等。据《人民日报》报道，自 1951 年 4 月至 9 月，筹建中的人民美术出版社出版相关美术出版物 800 余种。如果从 1950 年 11 月开始统计，品种还会增加。

为普及推广新连环画，1951 年 5 月，《连环画报》（半月刊）正式创刊，由人民美术出版社出版。时任文化部部长的沈雁冰（茅盾）亲笔题写了刊名。这一通俗刊物以其图文并茂、雅俗共赏的特点为大众所喜闻乐见，产生了广泛而深远的社会影响。

1951 年夏，国家新闻总署摄影局、出版总署出版局美术室抽调部分人员，和大众图画出版社人员合并，组建人民美术出版社。大众图画出版社完成了历史使命。

1951 年 9 月 14 日，经过多方精心筹备的人民美术出版社正式成立。新中国美术出版事业揭开了崭新的篇章。

周恩来总理为人美社亲笔题写了社名。他还对人美社首任社长萨空了说：要尽快多出为青少年和劳动人民服务的好书好画，占领文化阵地。人民的出版事业，主要任务不是为了赚钱，而是为了满足人民精神上的需要，为了培养青少年一代。如果钱赚多了，那就要研究一下是否方向出了问题。1981 年，在人美社成立30周年之际，萨空了写下“总理亲提名我社，美术服务为人民……卅载瞬逝咳声在……谆谆教导永铭心”的诗句，深情回忆周总理的关怀和教导，激励人美人奋进开拓。

历史是最好的教科书。这段温暖而难忘的记忆，是人民美术出版社极其珍贵的红色资源和精神财富，值得倍加珍惜。不忘来路，始知归处。新时代人美人必将牢记初心使命，肩负起中国美术出版和文化强国的使命与责任，意气风发，续写华章。

陆林华　中国美术出版总社

谈创作古文字书法作品的用字

——以“人美”精神“中正大雅　朴真至美”金文集字为例

◎ 何玉麟

恰当选用古文字来创作书法作品是习书者的基本功之一。扎扎实实集字，掌握集字的基本规律，是书法学习与创作过程中的必经之路。《怀仁集王羲之书圣教序》之所以能够成为集字的经典之作，并且完美地再现了王羲之书法的艺术特点，其主要原因不仅在于怀仁书法功力深厚，还在于他谨慎从事的治学态度。

随着时代的发展，人们的书写工具发生了改变，毛笔逐渐被硬笔替代。书法的展示空间和人们观看作品的方式也发生了变化，现如今人们大多是在展厅、大堂等公共空间中欣赏书法作品。这些变化也影响了书法的发展，最为明显的变化是书法的实用性减弱，书法的艺术特质得到更多的关注。如我们在生活中可以看到许多牌匾、题字都使用了更具艺术性的篆书书体，说明人们对书法的艺术性需求逐渐增强。

在人民美术出版社的一层大厅，我们可以看到以“中正大雅　朴真至美”为内容的一幅金文集字书法作品。“中正大雅　朴真至美”是人民美术出版

“中正大雅 朴真至美”金文集字作品之一

社的社训，也是"人美"精神。人民美术出版社社长周伟在《"人美"的精神》一文中写道：

> 中者，央也；正者，不偏不倚，合于法度。中正，是人美社作为国家美术出版机构的独有特质，是中国气派、大家风范。大雅，出自《诗经》，本为贵族作品，也谓高尚雅正，或指德高大才之人。恰与人美社的产品特点、人才群体的特点相吻合。朴真既是自然、率性，又强调拥有一种"林泉之心"，前指客体，后指主体，强调人与自然的统一，彰显人的天然之性，朴素的自然之美。自然之美来自人民群众，来自广大读者，来自社会基层，是接地气儿的美，是真性情，是至美境界，是美中之"大美"。[1]

在制作这件金文集字社训内容作品时，我们曾经多次尝试和比对，在各种书体、字形中不断寻找最合适的用字，最终确定了现在的集字版本。回顾整个历程，其中不仅有我们对"中正大雅 朴真至美"中蕴含的"人美"精神的思考，也体现出我们在字里行间中发现美、寻找美、传播美的探索与努力。在此就"中正大雅 朴真至美"前后两个集字版本来和大家谈一谈集字作品中

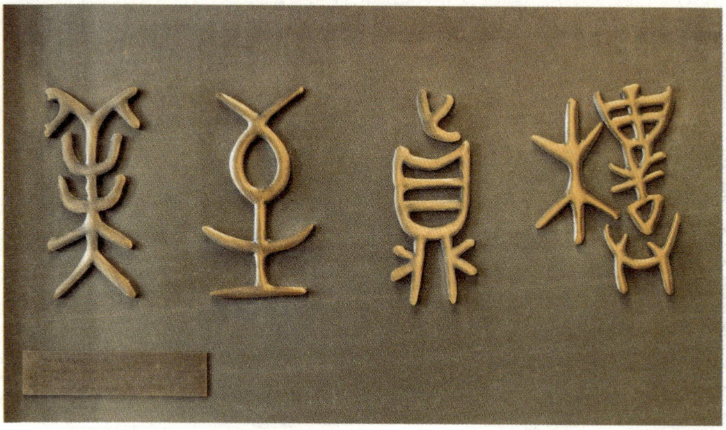

"中正大雅 朴真至美"金文集字作品之二

的选字、用字情况，以及需要把握的原则与方法。

一、以书体演变进程为基础，选取同一书体

汉字的演变经历了大篆、小篆、隶书、草书、行书、楷书几个阶段。广义的大篆包括甲骨文、金文、石鼓文等，亦称古文字。其中，金文主要指的是殷商与周朝时期铸造在青铜器上的铭文。在集字时，我们应该按照汉字演变规律，选取同一书体进行集字组合，以满足集字创作的一致性原则。

如在“中正大雅 朴真至美”初版集字中，“质”字的写法主要见于《诅楚文》和战国竹简文字；“雅”字最早见于睡虎地秦简，可以算作是战国时代的文字；“朴”字最早见于春秋时代的石鼓文。按照上述集字的方法和原则，可见“质”“雅”“樸”三个字的选用并不严谨，因为它们都不能算作是金文，“雅”“朴”二字更是没有在金文中出现过。从文字演变进程上来看，这八个字并不属于同一书体。此外，初版集字中的“朴”字形来源于石鼓文“朴”，其用笔以藏锋为主、圆融浑劲、方正丰厚，与金文字体瘦长、笔画挺直、笔势雄健等特点相去甚远，很难与其他字的金文字形融为一体。所以，初版集字并不成功。

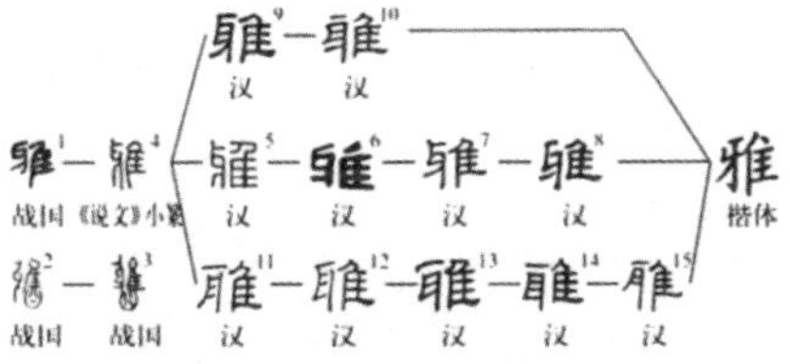

“雅”字演变过程

“朴”字演变过程

汉字在初创时可用的文字数量较少，在创作甲骨文、金文书法作品时，难免会遇到有的字在甲骨文、金文等书体中对应不上的情况。这时顺次借用春秋、战国文字以及秦以后小篆文字统一字形也是可以的，但这属于某一书体书风创作，与集字不同。集字有其特定的要求，如金文集字一般是指把见于不同器物的文字集合到一起，初版集字有两个字不见于金文，将其归为集字作品

肯定不妥。如果笔法、字形近似，可以说这件作品是金文笔法，是属于金文风格的作品。

那么，遇到上述情况该怎么解决呢？在“中正大雅 朴真至美”现版集字作品中，我们将“雅”“朴”按汉字结构进行拆分，把“雅”分为“牙”和“隹”两部分，把“朴”分为“木”和“卜”两部分，然后分别对应金文中的字形，最后组合成“”“”二字。在这里，拆分成为一种最好的选择，因为可以最大限度地保证作品书体、字形的一致性。

二、谨慎选择，确保字形和谐

甲骨文是目前能见到的最早的汉字，因镌刻于龟甲与兽骨上而得名。受刀刻的影响，甲骨文笔画细瘦、粗细均匀，笔画多方折，多用直线，曲线也是由短的直线组合刻制而成。由于起刀和收刀直落直起，故多数线条呈现出中间稍粗两端略细的特征，显得瘦劲挺拔。甲骨文外形多以长方形为主，间有少数方形。周金文是在甲骨文的基础上发展而来的。青铜器铭文是按照墨书的字形刻出铭文模型的陶范，再翻范铸造出来。商周时期的青铜铸造技术已经相当成熟，铸造出的铭文能够较为充分地呈现墨书的笔意。与甲骨文相比，金文笔画肥粗、弯笔多、团块多，变化多样，字形更加丰富。石鼓文是先秦时期的刻石文字，因其刻石外形似鼓而得名。石鼓文的出现时间上承西周金文，下启秦代小篆。从书体、字形上看，石鼓文是尚未定型的过渡性字体，更趋于方正敦厚，用笔起止均为藏锋，圆融浑劲，结体促长伸短，匀称适中。

由于古文字的字形并不稳定，所以在集字时还要注意同一书体下不同字形的选用。金文的字形就比较多变，主要原因有二：一方面由于当时各诸侯割据，统治的地域不同，文字也就会有一定区别；另一方面由于各地的文化发展程度也不尽相同，所以同一个字在不同地区，字形会有较大的变化。所以在集字时要谨慎选择，以便达到和谐、美观、统一的效果。由于字形的变化不会改变字义，我们也有了更充分的选择，如“”集自《颂鼎》，“”集自《虢季子白盘》，“”集自《颂鼎》，“”集自《季真鬲》，“”集自《美爵》。

除了要选取合适的字形外，集字时最好选取在出现时间上较为相近的字形，因为时间相近，其书写特点相对一致，整体感较强。金文存在的时间很长，延续了将近一千多年，在周代被广泛使用。周代是金文的全盛时期。从书体和书法风格来看，西周早期的金文总体特征是首尾出锋，多挺拔的悬针笔法，有明显的波磔，线条已有了粗细变化，时有点团块装饰，风格质朴平实，仍受甲骨文的影响。西周中期的金文用笔柔和，笔画更加饱满圆浑，趋于方直，文字结构端庄简化。西周后期的金文臻于成熟，风格多样，以往常见的肥笔几乎消失，字形结构更加稳定，字形较为修长，大小均匀。如现版集字中的“朴”，左边“木”和右边“卜”都集自西周中期，与初版相比字形更加和谐统一。

三、符合用字之法

汉代学者依据汉字的构成和使用方式将其归纳成六种类型，称为“六书”，也是汉字的造字之法。清代戴震进一步将“六书”归纳为“四体二用”，其中“四体”指象形、指事、会意、形声，即四种造字法，可以产生新的汉字，“二用”是转注、假借，即两种用字法，不产生新的字形。在汉字的发展过程中，出现了多种用字之法和用字现象，如异体字、古今字、通假字的使用。

异体字是“正体字”的对称，是与正体字音同义同而形体不同的字，即俗体、古体、或体、帖体之类。古今字是指同样表达某一字义而古今所用形体有所不同的汉字。通假字是指用音同或音近的字来代替本字。严格地说，与本无其字的假借不同，但习惯上也通称假借，包括同音通假、双声通假、叠韵通假。用以代替本字的字叫“通假字”，也叫“借字”。通假字用字现象都是约定俗成的。对于通假字，我们应该通过古籍中的用例、用意予以掌握。创作书法作品时，通假字的使用要有文献使用的先例。

“至”上古音章纽脂部，“质”章纽质部，声同韵近。在先秦古籍中，“质”与“至”二字存在通假的情况。如《庄子 · 天道》中，“大地之平，而道德

从上至下、从左至右依次为：中、正、大、仆、真、美、至、牙、隹、木

之至”，“至”通“质”，意为本质。又如《庄子 · 刻意》中，“此天地之平，而道德之质也”，本字为“质”，意为本质。还有《史记 · 苏秦列传》中，“至公子延”，“至”通“质”，是以谁为质、以人作保证之意。在《庄子 · 天道》和《史记 · 苏秦列传》中，均有“至”通“质”的情况，其中“质”是本字，分别是本质、以什么为质之意。但是我们不能据此认为“质”可以通“至”，“质”也不能表达到达极点、程度高之意。这进一步说明，初版集字中用“质”的字形是错误的，于是现版集字选用了《大盂鼎》中的“至”。

集字是一件需要耐心和学问的精细活，历史上不少知名书法家在集字时也出现过各种错误和不尽如人意的地方。我们在书法创作中不能再重复古人、前人的错误。汉字传承几千年，既有其演变规律，又有很多突变。我们只有正确认识每一个字的演变以及用字之规，才能更好地展现中国书法之美。

注释：[1] 周伟．序：人美的精神 [M]// 林阳．北总布胡同 32 号：人民美术出版社的老艺术家们（续）．北京：人民美术出版社，2015:12-13.

何玉麟　中国美术出版总社

第一章 怀念

斯室不陋　师德亦馨

——忆拜访姜维朴先生

◎ 苏万新

最初知道姜维朴名字的时候还是我刚上初中时。那时的我常听父亲讲起，姜主编早在20世纪50年代初开始，就组织编创出《水浒传》《岳飞传》《志愿军英雄画谱》等大量连环画佳作，还长期从事连环画的编辑、出版、理论研究及组织工作，以自己特有的方式书写了新中国连环画史的传奇，是我们中国连环画的“守护神”。

此后的许多年里，我在报刊和图书交流会上逐渐熟知了姜维朴先生其人其事，但从未谋面。在2013年夏季的一天，我与孙宏伟、余彩北等二三好友相约，利用周六休息时间，专程前去拜访这位心目中的偶像。

姜维朴（左四）陪同孙毅将军和刘英参观《地球的红飘带》原作展

姜维朴（左一）、沈尧伊、吴兆修等陪同杨成武和夫人赵志珍、刘英（张闻天夫人、老红军）、曾志（陶铸夫人、老红军）、魏巍和夫人刘秋华等参观《地球的红飘带》原作展

在北京市东城区北总布胡同附近，道路两旁的梧桐树碧绿成荫，郁郁葱葱，附近栀子花丛里飘出一丝丝迷人的芬芳，沁人肺腑。姜维朴的家就在这条胡同的一栋老式楼房里，与人民美术出版社读者服务部毗邻。走进姜维朴先生的客厅、卧室，满是触手可及的书籍，书架上、沙发上、床上、地上堆放得满满的，难找到插脚的地方。姜老就是在这样的环境里，每天看书、整理资料、处置连环画艺委会的事务，用这样的方式守护着中国的连环画事业。

在读者的眼里，姜维朴是个有“匠心”无“匠气”的大师级人物，他站位高、眼界广，从不局限自己，尽心尽力地做着自己毕生所钟爱的事业，即使退休后也是如此。

姜维朴的妻子王素，从20世纪50年代起就加入到了连环画脚本创作队伍，现在因偏瘫不能说话，在一旁笑眯眯地看着我们兴致盎然地谈论着他们曾经的连环画事业。

望着患病的爱人，说起夫妻俩从事的工作，姜老有着深刻的感受：“编辑

姜维朴（中间）和邓力群、周谷城在第四届全国连环画评奖颁奖大会时合影

是很累人的差事，但这项工作往往决定了一篇文章、一本书的命运。从选题到编校，手握着权限，肩负的责任很大。从事编辑工作的人，要有高度的责任心。我们是要带着责任心去做连环画，这样才能对得起作者，对得起读者。”

“正是有了你们这样从事连环画工作的前辈领导的推动，才有了今天连环画的再度兴起。我们应该感谢您啊。”我呷了一口茶，接过话茬，笑着说道。

“现今的连环画与 20 世纪 80 年代前不能相比了，特别是一些客观因素让它的发行量变得小了。现在难得还有你们这些人这么喜爱它。”姜维朴回忆起那些 01 年的人和事，非常感慨，也感念那些众多“连友”和同人对他的拥戴。姜老有时候休息在家，那些慕名上门讨教的同行、后辈络绎不绝。

除了连环画的话题，姜老又向我们讲了新中国成立前一些文人的事情，说写文章、画画就是做人，不能人云亦云地跟着别人的想法走，要学会思考。我深以为然，对老先生愈发敬重了。

一同来的孙宏伟说，当年姜老为了写《穷棒子扭转乾坤》，脚本修改了不下十几遍，对王国藩和建明人民公社的事迹进行了详细的了解后，方才最终定稿。这种认真负责的较真劲头，着实让我感动。几年后，我在一篇文章中看到美术家高云对他的评语：“姜维朴先生以自己的智慧、坚韧和热情，为促进中国连环画事业的发展做出了呕心沥血、卓有成就的努力，由此创造了中国连环画发展前所未有的高峰。”这应是对姜老最好的褒扬。

交谈中，我们几人从包里拿出一大摞姜老的作品，摆在面前的茶几上，请姜老签名留念。姜维朴手捧着数十年前和近年出版的连环画，不无动情地说：“这些还是我当初刚调到出版社时组织编写的。在那样的条件下，能坚持下来，不容易啊！”姜老边说边从茶几的抽屉里找出老花镜戴上，在扉页上写下了“弘扬传统文化，传递社会正能量”几行字，工工整整地为我们一一签了名，并细心地钤上印章。

“《雷锋》这个版本我还缺一个20世纪60年代的版本，可惜不容易找到了。”看姜老在翻看这本20世纪80年代出版的《雷锋》，我在一旁不无惋惜地说。姜老听了此话，摘下架在鼻梁上的眼镜，扭过头，缓缓地对我说：“收集版本可以理解，但还是应该注重其中的内涵，了解其中一些实质性的东西。你们说对不对？”我们听了，都似有所悟。

一个上午的时光，在不知不觉间就流逝了。为了不打扰姜老休息，我们几人婉拒了姜老的盛情挽留。主客挥手又挥手。出了门，我们心里免不了再发感慨。耄耋老人，思维如此清晰，读书写作如此执着，着实令人敬佩。这应该是老先生为人处事的一贯原则和骨子里透出的那股韧劲儿。

几天后，我刚回到单位，忽然接到一个陌生的电话，是一位快递员打来的，说是有我的邮件。我很是纳闷，心想最近也没有邮购什么东西呀，哪里会有什么快件。我好奇地接过邮包，一看寄出地址是北京市北总布胡同32号，再看寄件人，赫然写着姜维朴姜老的名字。我好奇地打开包裹，只见里面是一本品相完好的连环画，正是我梦寐以求的那本《雷锋》！书里面还夹着一封信，上面写着这样一段话：“小苏小友：知道你特别喜爱连环画，这本《雷锋》

也是你非常想找到的书，现寄送给你。也希望你能将雷锋精神发扬光大……”我心头一热，想不到我无意中的一句话，姜老竟然帮我实现了。

而今，在我写这篇文章时，姜老已离我们远去，在天堂与王素老师相聚。多年前的往事，第一次拜访姜维朴先生的情景、与先生交往的经历深印脑海，从未忘却。一位睿智老人的魅力，一位师者对晚辈的教诲，永存心间。

苏万新　任职于中国农业银行辽阳文圣支行

一生痴迷在画中

——记王叔晖和她的连环画《西厢记》

◎ 彭淑玲

说到画连环画的女画家，第一位想到的自然就是王叔晖先生了。作为一位受连环画滋养长大的人，写王先生就好比吃了好吃的梨子，一定要感谢那个种梨的人，王先生就是那个种出好梨子给我们吃的人。

我们小的时候，读物不多，连环画可以算是我们的启蒙老师，王先生的连环画是能给我们美学营养的。我喜欢的连环画有人民美术出版社出版的王叔晖先生的《西厢记》《梁山伯与祝英台》《花木兰》《孔雀东南飞》等。今天我想说说王先生的《西厢记》。她先后画过 16 幅本和 128 幅本的《西厢记》，其中的 128 幅本《西厢记》于 1963 年全国连环画创作评奖中获得一等奖。

《西厢记》书影

艺术家分两种，一种是人比作品名气大，一种是作品比人名气大。王叔晖属于后者。王叔晖，字郁芬，原籍浙江绍兴，生于天津，后定居北京。王先生自幼痴迷绘画，15 岁加入北平中国画学研究会，先后师从徐燕孙、吴光宇等名家，当时的研究会会长周养庵曾赞其“闺秀中近百年无此笔墨”。王叔晖的兰叶描线条刚柔并

《西厢记》封面

济，画作风格典雅端丽，乃当代中国工笔仕女画第一人。1951 年，人民美术出版社成立后，她调入出版社，任连环画册编辑室创作组组长。

王叔晖先生的《西厢记》连环画是可以当艺术精品来欣赏的。王先生画的是王实甫的《西厢记》，相传王实甫《西厢记》的故事发生在山西永济市的普救寺。王叔晖未去过永济普救寺，她选择了建筑上有代表性、她熟悉的北京广济寺为摹本。新中国成立前，中国画学研究会出人绘制广济寺大悲殿的 32 观音，王叔晖是唯一的女性。16 幅本《西厢记》分为《初遇》《借厢》《闹斋》《和诗》《匪惊》《赴宴》《赖婚》《听琴》《传简》《赴约》《赖简》《相思》《问病》《佳期》《拷红》《饯别》。

比如，第八回的《听琴》，才子弹琴佳人听，为 16 幅本中最为经典的一幅，也是 128 幅本的封面。云鬓高悬的崔莺莺站在窗外，脸上泛着淡淡的红晕，微微地欠身侧耳，不盈一握的腰间环佩琳琅，自有一种娴静端庄之美。张生在屋内隔着纸窗弹琴，墙角几根翠竹……王叔晖用了戏剧诗意的审美语言，让大家能感受到莺莺的期待和张生的琴声。

《西厢记》的最后一场是《饯别》。长亭外，古道边，芳草碧连天。长亭的石桌前坐着神情肃然的老夫人，秋风萧瑟，落叶飞舞，风吹起将要远行的张生的衣袂，莺莺对面站着，微微皱眉，执手相看泪眼，竟无语凝噎。这是少女的牵挂与担心，这是送他进京赶考等待金榜题名呢，还是自古多情伤别离呢？

王叔晖先生笔下的崔莺莺虽有照人的明艳，却不飞扬妖冶；红娘机敏善良、活泼可爱；张生风神俊朗、痴心一片。这也是先生对人性的向往，她一生都生活在对爱情宗教般的纯净情愫之中。王先生构图精审谨严，富有颇重意境的营造。比如，128 幅本《西厢记》第 92 页红娘拖莺莺趁夜晚到花园与张生幽会的画面，玉砌雕栏之外，左右两侧各有芭蕉一枝，两侧的芭蕉和右下角的花草是莺莺心情的表达，芭蕉的叶脉、花草的葳蕤，画工细得让人惊叹。那棵芭蕉树也让我记了大半辈子，一想到与美好爱情有关的植物，我第一想到的就是芭蕉。

把爱情画得如此美好纯净的王叔晖先生终生未嫁，一生与笔墨丹青为伴。她生前住在西四胡同的一个小院里，屋子终日不见阳光，只有一个小窗户，屋里有一个单人床、一张小桌子，客人来了只能坐在床上。王先生把对爱情的理解和向往化作了笔墨。她学古不泥古，用她的话讲，就是“绕开道，走自己的路”。她一生都在“尽精微”的工笔重彩画中追求“致广大”的生动气韵。

闺中百年无笔墨，一生痴迷在画中。她的人生与她的画一样，让人可感可叹。

彭淑玲　任职于江苏省盐城市建湖县政协文史委

且以深情致流年

◎ 杨文玲

连环画是我的老朋友了，很老很老的朋友。从乍见惊艳到久处情深，自幼及长，未尝稍离。然而要我说出它的好来，竟成了近乡情怯的游子，欲语还休。往事潮涌而来，回忆斑斑驳驳，和着百般的滋味，在心里载沉载浮。

与它初相识，我还在垂髫之年甚至更小些，身量还没有窗台高，刚从南方回到西北，普通话半个字也听不懂，与人交流困难重重。父母忙于工作，早出晚归，教导我显然有心无力，万般无奈，只能将我一个人留在家里，寂寂对着窗外四角的天空。

某一天，父亲下班回来，将一本书放到桌上，脸上带着藏不住的兴奋："快看看，喜欢吗？"我伸着两手接过来看，果然有趣，有图又有文字，一格格排列得整整齐齐，简洁生动，趣味盎然，画风时而细腻时而粗犷，写实写意兼而有之，开卷就是一个阿里巴巴的山洞。真是宝贝呀！心里这么感叹着，急急忙忙吃了饭继续看。看到掌灯了，灯熄了，还舍不得放手。父亲对我的反应半点不惊讶，只是催促："太晚了，快睡吧，明天学习完了再看。"

不出父亲所料，第二天吃完早饭，家人上班的上班、上学的上学。自学完了小学课本，我就迫不及待地拿起那本"宝贝"，一字不落地从头到尾细细读，心满意足，比买了新衣服、吃了巧克力都要欢喜。要知道，在那之前，这两样是我最期盼、最开心的事了。

父亲见我中意，从此以后每个月都会订阅这本杂志，书名是父亲一字一字教我念的——《连环画报》，人民美术出版社出品。每回领杂志的日子，家里像过节一样热闹，父亲看完女儿看，姐姐看完弟弟看，几个回合轮下来，等到下回新杂志到来的时候，书还是崭新的，如同刚买的一样。因为父亲看到我们爱惜书籍护之如新，会满意地夸奖我们；因为父亲就是这样看书的——

《平原游击队》封面

《红灯记》封面

珍重地取出书本放到桌上，正襟危坐，一页一页翻阅，不卷曲也不折褶，一边读一边记笔记，一笔一画，一丝不苟。白炽灯下，父亲的身形总是清瘦而挺拔，专注又严谨，每回都如此，年年都如此，从未改变。

当袖珍可爱的“小人书”风靡大江南北的时候，父亲也劳心费力四处搜罗，《三国演义》《水浒传》《西游记》等，一套一套地占了书柜的小半壁江山。这些出自名家之手的“小人书”画面都精美隽永，精彩纷呈，看得人如痴如醉。戴敦邦、庞邦本、王叔晖、刘继卣、贺友直……名家辈出。绘画的精湛功底更是让我倾倒不已，高山仰止之余，不由自主地拿起笔来心摹手追，一来二去地迷上了画画，课余时间都浸淫在书画上。古代的、现代的、单张的、多幅的，给人物设计过服装，给小说描绘过插图，作品到高二时居然攒了几十本之多。父母见我虽然沉迷，但学习始终名列前茅，也就没有过多干涉。来家里串门的叔叔阿姨们看到了，好奇地问这问那，一传十，十传百，“小画家”之名不胫而走，我曾经很为此自豪。

后来，小女孩渐渐长大，尽管课本、小说、画册成了主流，对连环画仍然宠眷不衰。与此同时，连环画越来越难觅踪迹，偶尔在深街僻巷中看到，犹如邂逅了故人般惊喜好半天，如获至宝般买下来。

连环画就这样成了我们父女两代人的心头好，影响了自家和舅父家数人，而我更因此在绘画的道路上一发而不可收，不仅考上了美术院校，还以此谋生，而且对它的喜爱始终如一。父亲泉下有知，一定会很欣喜吧！

没有父亲的成全，就没有我们姐妹与连环画数十年的情分。而父亲自己就是一个能书善画的人，宁可食无肉，不可居无书。即使生活多艰，他的内心始终是明亮的；即使日常琐碎，他的气象始终是阔达的。他从不耳提面命，只是用一言一行告诉我们，物质不是衡量生命质量的唯一标准，一个人生活可以简单，但精神必须丰盈，只有这样才称得上是真正的人。

好的教育也是如此吧？不是板起面孔的说教，而是化复杂为简单，寓教于乐，在潜移默化中涵养你的品性，丰富你的情感。我们是物品的主人，却也被自己喜欢的物品塑造。连环画对我来说就是这样一个存在，它陪伴我长大，给了我一个与众不同的童年，通过它去识字、知书、读史。我对艺术良好的审美力和鉴赏力、丰富的想象力、过目不忘的记忆力都是那时养成的。对美的向往，对文字的执着，也是拜画画所赐。

生活滔滔向前，对连环画的爱，由炽热趋向平淡。激烈和狂热只胜于一瞬，能够沉淀下来相对不相厌的才弥足珍贵。红尘滚滚，唯有深情才能长情，唯有长情才能动人。父亲在世的时候，家中书香氤氲，画不离手，心是幸福的、宁帖的。几十年过去了，想起父亲，总是才下眉头却上心头，说不尽的黯然神伤。那些看过的连环画、买过的“小人书”，成了不忍触动的回忆，留在我们的心里长相思、长相忆。

杨文玲　人民美术出版社读者

暖阳下的老院子

◎ 马宝霞

时光荏苒，人美社已然70周岁了。想到我这半生都在人美社图书的陪伴下度过，不禁感慨良多。

小时候，我生活在一个小县城，一次去同学家玩，忽然被一本小人书《鲁智深》里面的图画深深地吸引了。这些是怎么画出来的？那线是用什么笔画的？每页人物有固定的样子却有不同的动作和表情，画里的桌子、椅子、大树都是哪里来的？带着种种好奇，我喜欢上了小人书，也知道了人民美术出版社。

北总布胡同32号老社址秋色

从此我多了一个业余爱好——画画。我先是照着小人书上的图描画，描不准时就先画家里的饼干桶、沙发罩、被面上的图案，其余的时间就是翻看小人书，不仅看故事，更多的是看图。小人书陪伴我从小学到了高中，我更加热爱学校的美术课了，知道了小人书上的画法叫白描，此外还有各种各样的画法，知道连环画有单本的，还有成套的。

人民美术出版社位于东三环南路甲 3 号的新办公大楼

后来上了大学，一位神通广大的同学居然把神话般的小人书搬到了我们的日常学习中，我们几位同学每人接了一本画小人书的活儿。这时我才知道小人书的绘画技法只是它所承载的丰富文化知识的一部分，更为重要的是每幅作品所蕴含的知识背景。在整个创作过程中，我们翻阅历史资料，了解了实物特征、风俗……着实是项大工程。

2007 年的深秋，我第一次来到了人民美术出版社的大院儿里。院子里种着几棵柿子树，硕大的、火红的柿子挂满了枝头，树枝低垂着，几只调皮的灰喜鹊在树枝间往来穿梭，追逐着、打闹着，时而停下享受一下美味。深秋的艳阳给这欢乐的一幕铺上一层金黄的背景，几个低矮的小楼在暖阳下，这像极了莫兰迪的油画。

读者服务部就挨着门岗，一个很不显眼的地方，白色的牌子上面几个黑色的字：人民美术出版社读者服务部。推开一扇咯吱响的门，屋里光线极为暗淡，满眼直通房顶的书架上，整整齐齐地码放着画册、字帖。对于一个美术爱好者而言，这不啻进入了天堂，我不禁贪婪地翻阅起来。读书的时光往往过得很快，一个下午的时间，我都沉浸在图书的海洋里：成套的美术教材，各式各样的小人书、技法书、画论，历朝历代的经典之作，当代人家的“人红袍”，应有尽有。不知不觉间，我已经选了高高一摞书，收获非常丰富。自此，我基本上每个月都要抽出时间去一趟人美社的读者服务部。以至于后来，我对读者服务部里的图书位置非常熟悉，每次想看什么书直接就能找到。我的认识、学识、技法在这些精美的图书滋养下一点一点地进步着。

时光飞逝，北京城更是日新月异。人民美术出版社从北总布胡同搬到了双井，破旧的小楼被高大的现代办公大楼所取代。沉稳庄严的棕红色外表时时散发着现代美学的光彩。毫无疑问，我又成了这里的常客，特别是一楼的读者服务中心，最新版的画册都可以一睹为快。我时常静坐在一角，看着满架的图书，神思飞扬，人美社的书已经陪伴了我的半生。感谢！是你给了我前进的力量和人生的方向。

马宝霞　北京服装学院美术学院教师，中国美术家协会会员

三本书与30年的人美情怀

◎ 段成波

“北总布胡同32号”是我唯一能够记住的美术出版社地址，30多年来买书卖书的经历，让我跟一家出版社有如此情缘，实在有幸。今天通过三本书来讲述我与人美社的故事。

《连环画报》

我是看连环画长大的。在那个没有电视和网络的年代，县城的图书馆是我业余时间最爱光顾的地方。在那里，我第一次翻看了《连环画报》。它跟我以往收集的“三国”“水浒”等主题的连环画有很大的不同，这本连环画月刊的选题大多讲述百姓生活，反映社会热点，作者多为年轻的画家，画风比较新颖！我很是喜欢，便在杂志上找到征订广告，由父母赞助书款跑到邮局，根据上面的地址“北京北总布胡同32号”汇款。此后多年，我时常去邮局汇款，每月最大的期盼就是邮递员骑着自行车把最新的《连环画报》送到我家来。由此开始了我和人民美术出版社的缘分。

《连环画报》内文

《素描技法》

我16岁才开始学画，跟现在

的孩子比，入门很晚。那是20世纪80年代末，启蒙老师是国有商场的一名美工。那年暑期，我每晚去老师的宿舍兼画室学习，整个夏天除了吱呀作响的老旧风扇与一整面墙的素描习作，与我做伴的还有满柜艺术书籍。在画室里看书是我最大的乐趣。我了解了西方艺术里的印象派、俄罗斯巡回画派，认识了米勒、凡·高、毕加索，知道了八大山人、石涛、黄宾虹，也知道了颜文樑、蒋兆和、徐悲鸿等现代著名艺术家和教育家。

有一天，老师从书柜里挑出一本书送给我，说刚开始学素描，认真看看这本书。这是一本16开大小的《素描技法》，作者是浙江美术学院（现中国美术学院）附中校长马玉如先生，定价1.35元。这本书我至今珍藏于家中的书柜。虽说后来开书店见过的优秀素描教程书不在少数，印刷也越来越精美，但是每次看到这本已经泛黄的书，总感到格外亲切！

这本书的封面设计风格颇有时下流行的极简风特色，浅灰白底色之上是徐悲鸿先生留法时期画的一张古典人体素描，采用对角线构图，书名是用手写的隶书“素描技法”四字，放置于右上角空白处。现今市面上的技法类书籍，腰封、名家推荐……各种图文统统都往封面上堆砌，相比之下，这本书显得有种内敛稳重、不疾不徐的味道。

很有意思的是这本书的印数。1980年2月第1版，之后两年半3次印刷，总印数接近40万册，这个数据放到今天也是一个天文数字。那个年代有这么多学习画画的吗？我认为，在20世纪80年代初，中国刚刚改革开放，青年人对知识的渴望，在社会上掀起一股学习的浪潮，而当时关于绘画技法的图书非常少，很多书里的范画基本都是“高大上”的工农兵形象，而这本书里除了详细的技法讲解、作品赏析，还精选了大量的国外大师作品，是有别于其他书的最大亮点。

后来我也买了很多绘画技法的书，其中门采尔的《门采尔素描》和佐治·伯里曼的《画手百图》也出自人民美术出版社。

1998年，我在湖北美术学院读书的同时，在附近开了一家美术书店，每

在中国美术馆展示的人美图书

年都会参加全国图书订货会。经过几年的发展，书店与全国美术出版社的合作也越来越多，其中就有人民美术出版社。一开始是现款订货，后来社里认为我们书店定位专业、信誉良好，同意与我们建立长期合作，在折扣和账期上都给予很大的支持。进入 21 世纪，随着图书市场的活跃和印刷技术的发展，新时代的人美社出版了太多太多的经典书籍，比如《地球的红飘带》《芥子园画谱》等超级畅销书，以及具有学术性和权威性的“大红袍”系列名家画集。

《剪纸的故事》

2015 年 6 月的一天，一个学生急匆匆跑到书店来，请我们帮忙找一本《剪纸的故事》。这本书我印象很深，由人民美术出版社于 2011 年出版，内容是关于现代风格的剪纸创作，装帧设计非常精美，曾经获得过“世界最美的书”荣誉称号。

学生说弄丢了从学校图书馆借的书，按规定，如不赔偿，毕业证都拿不到，而她已经找遍了书店和网店也没买到。我查了一下，系统显示库存为零。看着她非常焦急的样子，我立刻跟出版社联系，找到发行科的夏建超老师，他查了一下系统，说也没有了。我跟夏老师沟通，麻烦他再去库房找一下，看看其他书店的退货里有没有，哪怕品相不好也没关系，或者问问《剪纸的故事》的责任编辑（通常责编都会有一两本样书留存）。第二天等到了夏老师来电，说在库房找到了最后的一本。当我通知那位学生时，她在电话里连连致谢。我觉得要感谢的是默默付出的出版社同人们，而我们书店只是读者与出版社沟通的一座桥梁。

2021 年，武汉视觉书屋已经经营了 23 年，一路成长中，得到了人民美术出版社等众多专业出版社的支持和帮助。随着时代的变迁，市场不断变化，实体图书行业也面临着不同的挑战。虽然时下实体书店运营艰难，我们仍想在城市里守住一处艺术文化的角落。

段成波　毕业于湖北美术学院美术教育系，1998 年创办武汉视觉书屋

北总布胡同那座大院

◎梁　江

还是在孩提时，我就记住了“北总布胡同”这个地址。读小学时，同学们的书包里大多揣着小人书，如《岳飞传》《鸡毛信》《东郭先生》《三打祝家庄》《我要读书》《钢铁是怎样炼成的》等，我们都会交换着看。这些用来互相炫耀的宝贝小书后面都印着价格、出版社地址之类几行小字，和过年时节到处可见的年画《开国大典》《中华民族大团结》《把学习成绩告诉志愿军叔叔》《农忙托儿所》《新娘子讲话》《保卫和平》上印的一样。因而“北总布胡同 32 号”这行字，我从小就记住了。

后来读了美术专业，我的老师陈少丰先生推荐我读“中国历代画家丛书”、黄苗子标注的古代画论，还特别叮嘱一定要认真读俞剑华编的《中国古代画论类编》。这些书无一例外都标着“北总布胡同 32 号”的字样。那时我未到过北京，心想：“胡同”不就类似于南方的小巷么？小小地方几十年有这样大的能耐？心里一直存疑。

1984 年初春，我从广东省美术家协会被借调入京从事《美术》杂志编辑工作。这份老资格刊物一直在人美社出版。天天在编辑部上班的副主编吴步乃、丁永道、李松涛，包括通讯员老季等人都和人美社上下十分熟悉。老丁一直住在办公室，老朋友姜维朴常来看望老丁，老丁也不时带上我到人美社串门。除了工作业

北总布胡同 32 号院

务，我们还去看过姜维朴、沈鹏等先生，自此，终于得见悬念已久的胡同大院真面目了。

那时的《美术》杂志编辑部，人手少，工作忙。我做过编辑、发行连同约稿、写稿等工作，有时还动手画版式。编辑部要开编委会，由我负责逐一打电话邀约。编委有央美教授、专业机构的专家等。沈鹏先生是编委，当时更为人知的身份是美术理论家。他那时在人美社主持着《美术之友》《美术向导》杂志，虽然很忙，但每开编委会议，他都早早到场，发言很有条理，其平易谦和的风度让人印象颇深。只是很多年以后我读沈鹏先生所写回忆录才得知，早年曾反复研读的《中国古代画论类编》，原来是由他经手编发印行的。

此后几年，我还有过多次借调《美术》杂志工作的经历，与人美社合作和共事虽不算多，但留下的印象是宛如一家人。

直到2001年秋季，一个特别的机缘让我对人美社有了更全面深入的了解。其时人美社为50周年建社纪念庆典正筹划两件大事：一是在中国美术馆举办“人民美术出版社建社、荣宝斋（新记）50周年综合展”，二是由中央电视台拍摄人民美术出版社50周年专题片。拍摄专题片的任务落到“美术星空”栏目组。为敲定谁能成为执笔撰稿的人选，编导组已费心了好些日子。那时我在中国艺术研究院美研所工作，兼任《美术》杂志编辑部主任，有时客串为中央电视台策划与美术相关的节目。某天，我参观画展见到好友毕建勋，挤过去打个招呼，他却惊喜大叫：“来了，这不就是最合适人选！”原来，旁边“美术星空”编导组几人恰好正与毕建勋谈起这为难事，让我碰上了。编导组力邀，又是人美社的重要事，岂能不尽力？专题片文字稿的任务就此揽下了。

1998年4月，人民美术出版社、连环画出版社、荣宝斋出版社三单位重组成立中国美术出版总社。那时的社长郜宗远、总编辑程大利指令总社各部门为中央电视台编导组拍摄开绿灯，尤其资料档案室要尽最大力量配合。这样，我三番五次前往大院中间青灰色主楼上的资料室，查阅各种材料，看早年的各种出版物，虽然辛苦，但人美社的员工对我都是笑脸相迎，很是愉快。一月下来，头绪渐渐清晰，片子主线确定落在人美社与新中国美术 50 年历程的关联上。这样的脉络简洁生动，既能体现人美社的贡献，也符合中央电视台的定位。两边的领导很快认可了这一思路。我的文字脚本就循此深化延伸，终于用 3 个月时间写出初稿。人美社由社长、总编辑牵头，召集中层干部在总社主楼会议室开专题会，听取我和编导组汇报专题片拍摄进展状况。会上对主旨重点、内容结构、材料运用、访谈设计等逐一审议，大家总体上肯定文字脚本的拍摄思路，也提出了若干很具体的补充和调整意见。文字确定后，片子框架总体就定了。专题片很多镜头还需在人美社之外赶拍，总体还算顺利，这样前期拍摄工作大致在三四个月之内做完，在剪辑上又加班了若干日夜，终于赶上了人美社要求的时限。

中央电视台电视专题片全面回顾了人民美术出版社 50 周年的历程，出现了王朝闻、黄苗子、薄松年、刘玉衡、沈鹏、李琦、姜维朴、田郁文、李平凡、刘玉山、王靖宪、童介眉、吴兆修、刘汝阳、杨纯如、詹蕙娟、郜宗远、冯远、龙瑞、程大利等众多人物的访谈镜头。设计时长为 60 分钟的片子，讲述了 1950 年 10 月中央人民政府出版总署决定成立美术出版社。1951 年 9 月 14 日，人民美术出版社成立，周恩来总理题写社名。50 年来，人美社出版了年画、年月历 3900 种。20 世纪 60 年代，全国年画发行量达 3 亿张，人美版年画占了 7000 万张。沈鹏先生于 1956 年执笔起草的人美社“12 年发展规划”是与人民政府建设新中国的方针紧密配合的。人美社出版了众多有重要影响的大型画册，20 世纪 50 年代为国家争得了荣誉的《苏加诺藏画集》是周恩来总理拨出外汇编印的，还有国内多种重要美术刊物《美术》《中国摄影》《装饰》都曾在人美社编辑出版。社内还创办了《连环画报》《中国书画》《中国艺术》《中国版画》《中国中小学美术》《水彩艺术》《美术之友》《美术向导》《儿童漫画》《漫画大王》等期刊，拥有广泛的读者。1951 年 5 月创刊的《连环画报》影响了一代又一代人的成长。在 50 年当中，人民美术出版社为光大和发扬民族传统文化做了很多工作。丰富多彩的出版物不仅体现了不同历史阶段中我国美术创作和理论的学术成果，也在实践中推动了创作、研究和美术教育。人美社的历史与新中国美术发展的历程息息相关。这部片子如期在中央电视台播出，连同在中国美术馆举行的“人民美术出版社建社、荣宝斋（新记）50周年综合展”，成为人民美术出版社50周纪念活动中最亮眼的两件大事。

十几年前，我接到邀请参加人美社东三环新址大楼开工典礼，在蓝色工棚里见证了人美社新的起步。后来，我调入中国美术馆工作，因业务工作之需，与人美社的来往更趋频繁。很多年来，中国美术馆编选的重要画册、馆刊等出版物，大都经由人美社印制发行。每有国家的重要项目，人美社在策划酝酿阶段即介入，工作会议上常有人美社派出的工作小组参与，及时跟进协调，这样的合作高效又令人愉快。国家大馆和国字头出版社多年的联袂合作，为当代中国的艺术文化留下了一连串闪光的印迹。

一次，有研究生的毕业论文选取了新中国连环画为题，去拜访求教于姜维朴先生。其间学生说起我的建议，姜老说记得我，说：“这是当年常随老丁来坐的小青年呀。”他还托学生转达问候。令我感动的姜老是人美社众多可敬前辈的缩影，我记得他们，也会记住北总布胡同那座大院。

梁江　中国美术馆研究馆员、广州美术学院中国近现代美术研究所所长

我与连环画社的三位先生

◎孟　斌

与人民美术出版社结缘，是从我小时候开始的。记得上小学三年级的时候，父亲从 40 里开外的县城给我买了一本人民美术出版社 1972 年出版的《鸡毛信》，我当时欣喜若狂，小心翼翼地从头到尾看了一遍又一遍，上学时，把《鸡毛信》带到学校里，一时成了全班同学羡慕的对象。我不舍得让同学们翻阅，下了课，一帮同学围着我，我一页一页地翻看，并读给他们听，尽管我读错了好多字，但同学们依然听得津津有味。

从那时开始，我记住了人民美术出版社这个名字。在我的印象里，人民美术出版社是出版“小人书”的地方，北京东城区北总布胡同 32 号也成了我向往的地方，感觉人民美术出版社是个遥远、陌生而又熟悉的地方，因此也梦想着长大以后去北京，去人民美术出版社，去那里看“小人书”。参加工作后，我对“小人书”的兴趣一直未减。

提起人民美术出版社，我想说一说下面三位先生。

第一位是王叔晖先生。连环画家中，女性不多，而以一部《西厢记》被誉为大师的女画家，仅王叔晖先生一人。她创作的工笔画，人物惟妙惟肖、栩栩如生，细致到头发画得都是一根一根的。她的工笔重彩绘画，可谓前无古人后无来者。她的其他作品还有《孔雀东南飞》《杨门女将》《木兰从军》《梁山伯与祝英台》《桑园会》等。

20 年前，我有幸收藏了人民美术出版社出版、王叔晖先生绘制的 24 开本《西厢记》（1958 年 2 月第 1 版第 1 次印刷，印量 2000 册）。这本《西厢记》于 1963 年荣获第一届全国连环画创作评奖一等奖，后来连续 7 次再版重印，总数超过 40 万册。

1979 年初，《西厢记》再版发行，与第 1 版一样，印数在 10 万册以上，至今已成为连环画收藏者寻觅的珍品。

2015年，我怀揣这本老版《西厢记》，乘车去了北京，几经周折，在北京高碑店见到了王叔晖先生的侄子王维澄先生（王叔晖是王维澄的三姑妈）。我与王先生一见如故，相谈甚欢。他告诉我，姑妈王叔晖一生清贫，无儿无女，晚年与他相依为命。之后，王先生给我这本老版《西厢记》签了名并加盖了王叔晖先生生前用过的印章。王维澄先生还赠送了我《百年叔晖》图书一本。

第二位是姜维朴先生。姜先生老家是山东黄县（今龙口市），与我是山东老乡。他来东营参观时，与我相识。那时候我还是个毛头小子。在后来的几十年里，我断断续续和姜先生有过来往。2011年，姜先生的视力严重下降，几乎看不清东西。就是在这样的情况下，得知我要搞一个连环画收藏组织，姜先生在无法写字的情况下，委托他人把家里的一幅书法复印件找出来，加

原稿原寸《西厢记》书影

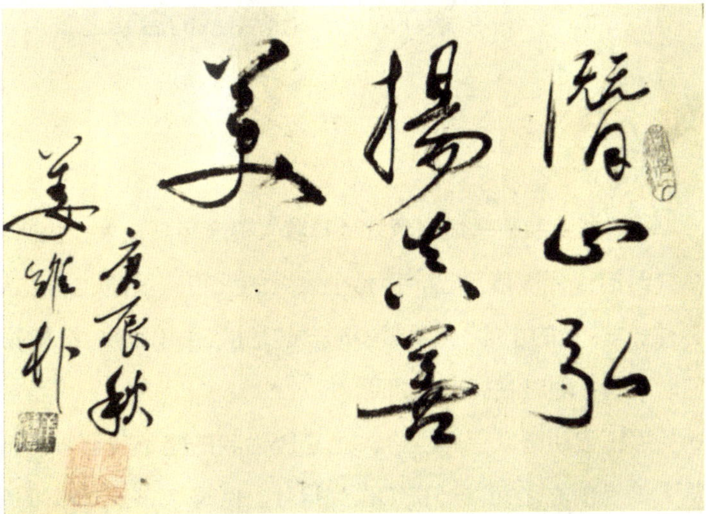

笔者收藏的姜维朴先生的书法作品

盖上他的印章，发给我以示祝贺。从这件事情可以看出年事已高的姜先生对连环画事业的关心与支持。

第三位是童介眉先生。与童先生第一次打交道是缘于童先生的一幅绘画作品。2004 年春，我在南京陈先生那里得到一幅标明童介眉绘画的《仕女图》，回来后因不能确认是否是童先生亲笔所绘，就试着给人民美术出版社童先生写了一封信，并把这幅仕女图一并寄出，没想到很快就收到了童先生的回信，说明这幅《仕女图》是他所绘。当他得知我多年来一直从事连环画收藏时，在来信中给我传授了一些连环画的知识和对我收藏的一些鼓励和指导。从那开始，我与童先生成了忘年之交。逢年过节，童先生经常送给我一些他的绘画和书法作品。

2021 年是人民美术出版社成立 70 周年，让我们永远记住所有勤勤恳恳、兢兢业业为人民美术出版社付出的人们。

孟斌 连环画收藏爱好者

连环画——姥爷给我的启蒙之旅

◎ 徐 杭

小时候，我最幸运的事就是看着人美连环画长大。我拥有的连环画数量，令儿时的伙伴羡慕不已。那是个大大的纸箱，里面装满了人美连环画，包括各种开本，大的小的，数量最多的自然是横64开那种。纸箱放在我的小床下面，随时想看，随时就拉出来翻阅。

那箱连环画我保存至今，全是因为我的姥爷吴润昇。他是人美老编审，从人美社创立之初，一直工作到退休。听母亲讲，姥爷家原来在颐和园西北的太舟坞，我的曾外祖父是吴裕泰茶叶铺的分店掌柜。一家人生活原本小康，抗战那年，日本兵进了北京城。他们在曾外祖父的店买东西不给钱，硬是把店铺拖垮了，曾外祖父也气病身亡，留下一个13岁男孩，就是我的姥爷。

自那以后，年幼的姥爷开始担起一家人的生活，各种艰辛尝遍，为了养活母亲，什么零活都做过。

1951年，人美社筹备成立时，姥爷负责用平板车给社里送纸。这个过程中，一位党员阿姨发现了做事勤勤恳恳的姥爷，就把他和另一位青年引进了人美。可以想见，在新中国成立前度过少年时光的姥爷，教育程度不高。对他来说，这是命运的转机！

20世纪50年代初，全国需要印发大量毛主席像。最早的毛主席像是画像，后来改用照片。这个任务自然给了人美，社里又将具体执行交给了姥爷。据姥爷回忆，当时国家要求不找领导干部，就让普通工作者负责此事。此时只有20多岁的姥爷，还不是党员，社领导多半认为他是穷苦出身，政治上可靠。

姥爷的业务能力也没问题。为印刷最高质量的毛主席像，他出差到上海，一住超过10年，期间两个舅舅出生也未能回去。那时，还在上幼儿园的母亲被带到上海，在姥爷的驻地生活。后来的人美社长、当时的青年画家邵宇还曾给母亲画了张速写。我小时候，它就挂在书柜侧边，纸已泛黄，眼睛画得生动传神。时至今日，家里仍存有姥爷 20 世纪 60 年代印制的 6 寸塑料版毛主席像（国际友人订制，国内罕见），一直被母亲珍藏着。

笔者母亲儿时肖像（邵宇绘）

20 世纪 80 年代初，我 5 岁时，母亲带着我第一次走进人美社，记得地点紧邻赵家楼。我们来到一个种着茂盛植物的庭院，坐在一座中式亭子下面。姥爷和一个爷爷开心地跟我们聊天。姥爷还拿出一套《尼尔斯骑鹅旅行记》送我。这是我儿时最喜爱的一套彩色版连环画。

我不舍得借给玩伴，只能到家里来看。故事情节至今记得：尼尔斯骑在白鹅脖子上，带领雁群与来犯的狐狸英勇作战，让我儿时的心中充满了不惧邪恶、以弱胜强的渴望！还有尼尔斯拿着一枚面额最小的硬币，想要挽救一座

邵宇在湖北咸宁干校劳动

正在下沉的城市，可惜为时已晚。它让我懂得哪怕身边微小的物品也要珍惜，说不定什么时候会派上大用场。

那时，我看过的经典连环画非常多，包括1998版电视剧《水浒传》片头播出的108将画像。许多观众为之赞叹，可我早在十几年前就见过，那是人美社出的水浒人物折页书。

到20世纪90年代初，社里给姥爷分了房子，位于东堂子胡同。那是一条颇具文化底蕴的胡同，从西头进去，不远即是蔡元培故居，径直往里走是朱启钤故居。中间有个铁门，进去是三栋楼房组成的凹字形小院，姥爷家就在南北向那栋楼的中间单元。

每次去姥爷家过年，是我最开心的时刻。姥爷家的书架上摆着许多书，几乎全部成套，还有线装书。我问母亲：“为什么有这么多书？”母亲说：“都是人美社出的。当年为了买这些书，你姥爷还跟你姥姥吵过架呢。”那是20世纪60年代，生活有些困难，姥爷仍然从社里买书，姥姥担心影响生活。

姥爷家的院子住着很多同事，书法家沈鹏就住楼上。姥爷作为编审，跟很多知名画家、书法家都保持着良好的工作关系。我上高中时，有段时间住在姥爷家。有一次放学时，我看见姥爷和沈鹏在楼下聊天，姥爷让我叫他爷爷。那时，姥爷家客厅挂着沈鹏老师送的一幅横轴，写着“康乐”两个大字。大客厅的墙上贴着整版印刷精美的《清明上河图》，透出浓浓的书卷气。

这些年，只要走到王府井，我总要去东堂子胡同转转，走近凹字形小中心花坛，里面种着一棵香椿树。小时候，它只有我的胳膊粗细，而今超过三层楼高，那是姥爷亲手种下的。每次我都望着那棵树，怀念我的姥爷。回味童年，就是回味人美连环画带给我的启蒙之旅。

徐杭　作家、东亚历史文化研究学者

我与连环画《地球的红飘带》的故事

◎ 池晨光

当我得知人美社今年将迎来成立70周年的消息，作为人美社的忠实读者，衷心表示祝贺！人美社出版的很多优秀图书，尤其是连环画读物，影响了几代人。我出生于20世纪60年代，和许多同龄人一样，少儿时代可读的书并不多，连环画是我们当时最好的读物。人美社出版的《岳飞传》《杨家将》《水浒传》《水帘洞》《武松打虎》《西厢记》《杨门女将》《青年近卫军》《我要读书》等连环画，都是我们当时的最爱，同时也让我们记住了刘继卣、王叔晖、张令涛、胡若佛、华三川等这些耳熟能详的连环画大家。

我之所以喜欢收藏连环画，和少儿时代连环画对我的影响不无关系。在人美社众多的连环画中，给我印象最深的就是沈尧伊先生绘画的《地球的红飘带》。

《水浒传》书影

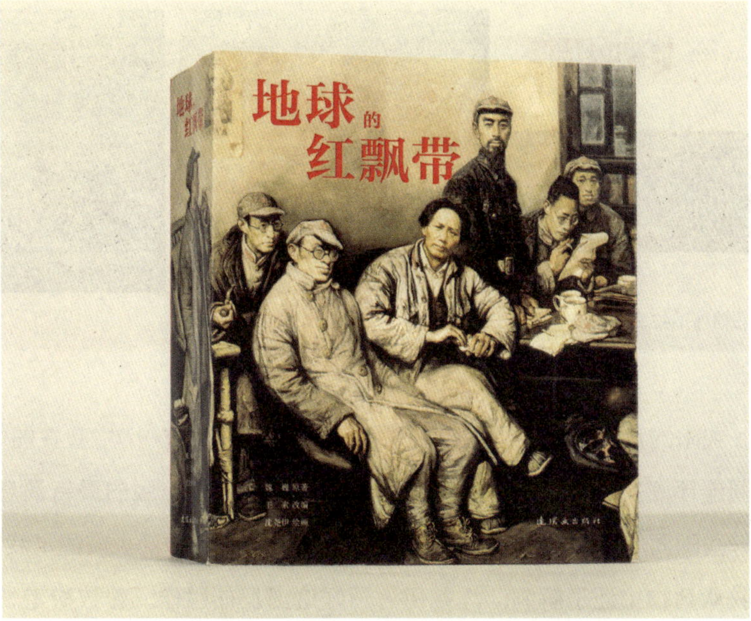

《地球的红飘带》书影

早在 20 世纪 80 年代，我就读过著名作家魏巍写的长篇小说《地球的红飘带》，小说生动描述了中国工农红军以坚定的革命信念和坚韧不拔的毅力，历经二万五千里的千辛万苦，终于胜利到达陕北。小说给我留下了深刻的印象。1989 年，我在家乡新华书店看到 24 开本同名连环画出售，虽然只有第一集，但我翻看后，就被书中用黑白版画形式展现出来的长征画面所吸引。画家不仅将毛泽东、周恩来、朱德等革命领袖形象刻画得栩栩如生，还生动描绘了红军长征路上的艰苦卓绝，如血战湘江的画面悲壮惨烈，给人以强烈的视觉冲击。虽然这时的中国连环画已不复当年的辉煌，但《地球的红飘带》问世，让人为之一振！我记住了画家姓名：沈尧伊。

以后的日子，我每到书店，就会留意《地球的红飘带》的后续出版。可那时连环画读物已不景气，书店很少销售连环画了，所以每次我都失望而归，加之我当时忙于工作，久而久之，这事也就淡忘了。

1992 年，我经历了人生巨变，母亲离世，不久，我下岗了。曾经有相当

《地球的红飘带》封面

长灰暗的日子，我大多泡在图书馆看书消磨时光。有一次，我在图书馆看到《中国连环画》刊物上刊载《地球的红飘带》连环画出版的最新消息，还刊发了好些画面，那一如既往震撼的画面，给人以振奋，仿佛也震醒了我沉睡的心灵。我从刊物中还了解到，沈尧伊为画好这部长征巨作，曾数次走长征路。也许被长征精神以及画家执着敬业的精神所感染，从那时起，我开始正视未来的方向，逐渐从生活的阴霾中走了出来。后来，我得知《地球的红飘带》连环画全套 5 册 24 开本已经出版，福州新华书店有销售，但我赶去书店时，为时已晚，书已售罄，这让我多少有些失落。不久又得知，《地球的红飘带》将以 12 开本形式分上下册精装出版，画面效果比 24 开本更震撼，我不由得心动，但看到一套 200 多元的定价（差不多是我当时一个月收入）时，我犹豫了，买还是不买？说来也巧，由于我爱好连环画的缘故，我和中国连环画出版社原社长姜维朴先生有书信来往，姜老先生就是主持出版这部《地球的红飘带》连环画的编辑，其爱人王素是这部连环画的文字脚本作者。

1997 年 6 月 1 日，我借到北京出差之际，抽空到人美社拜访了《连环画报》主编孟庆江先生，随后拜访了姜维朴先生夫妇。我和姜老闲谈中，谈及这些年未能购到《地球的红飘带》的遗憾，老人建议我买 12 开本的。我流露出对书价贵的顾虑时，姜老笑了：“我可以帮你啊！”得益于他的帮助，我到中国连环画出版社以优惠的价格顺利买到这套梦寐已久的连环画。这也是我平生

第一次买到一部超过 100 元的书。从北京回福州，一路的心情很是愉快，丝毫感觉不到这套书的沉甸甸。回家后，我用几个晚上仔细翻看每一幅画面，真实感受到了这部长达九百多幅视觉长征杰作的魅力。以后的闲暇日子，我还不时翻看，每次翻看，都会对长征精神有新的感悟。

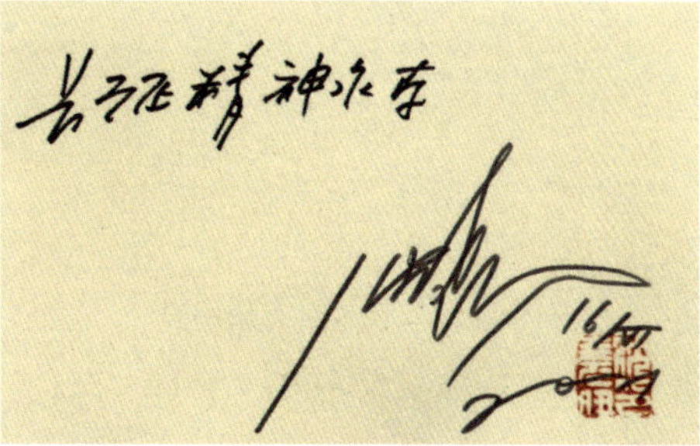

长征精神永存（沈尧伊签名）

2000 年初，我有幸受邀参加了中国美术家协会和中国连环画艺术委员会在上海召开的探讨新世纪中国连环画发展的会议，这是一次连环画家和连环画爱好者友好交流探讨连环画的盛会。我再次见到了姜维朴老先生，还见到了许多著名连环画家，其中就有沈尧伊先生。面对《地球的红飘带》荣获不少大奖以及被誉为“20 世纪中国连环画发展史上的谢幕礼”时，沈先生很平静，表示还会努力，继续画好长征故事。沈先生这样说了，也是这样做的。

前几年，沈尧伊先生陆续推出《长征 · 1936 三部曲》《西征东归》《火种记》等新作。我作为连环画爱好者，出于对长征精神的敬仰，都买了。

距离 1997 年已过去 24 年了，正好两个十二生肖年轮。王素、姜维朴先生先后作古。我已年过半百，回顾近 30 年来和《地球的红飘带》的缘分，不禁被画家沈尧伊先生执着敬业的精神折服，也许这就是长征精神的影响吧。实际上，人美社长期不间断为读者出版优秀连环画，这何尝不是长征精神！长征精神也同样鼓舞着我乐观对待生活中的困难。借用时下流行的话，那就是“不忘初心，砥砺前行”！

谨以此文，恭祝人民美术出版社的未来越来越红火！

池晨光 自由撰稿人

第二章 礼赞

为时代画像　讲中国故事

◎ 赵　媛

人民美术出版社以众多不同类型的出版物为基石，以 70 年为经纬，一幅幅翰墨丹青、一张张图书照片、一本本连环画展现了中国文脉，呈现了中国自信，讲述了中国故事。

每个读者喜欢人美社的角度各有不同。本人在北京奥运博物馆工作，作为人民美术出版社的忠实读者，从我自身关注的角度，以一套连环画和一个展览探寻我与人美社的故事。

一、一套有价值的奥运题材连环画

每个中国人记忆中的 2008 年，一定有个醒目的位置留给北京奥运会。2008 年 8 月，北京召开了举世瞩目的第 29 届夏季奥林匹克运动会。象征第 29 届奥运会的 29 个巨人脚印，中国人整整走了一百年。全体中国人民盼奥运，文艺界工作者们也用作品表达心声。2008 年 8 月，人民美术出版社出版了 32 开小精装的《古奥运会传奇》连环画，一共 6 册，185 页，定价 42 元。这部系列连环画原为单行本，初版发行于 20 世纪 80 年代，其中多册是以高云原

《古奥运会传奇》封面

《古奥运会传奇》内文

著的《古奥运传奇》为蓝本编绘的，一部分则是依据有关史料编绘而成，短而精，多方位、多角度地展现了奥运的起源、精神、风格特色及典故趣谈等，绘者是雷德祖先生。这套书在我们奥运人眼中看来是很有价值的。

介绍现代奥运会的作品很多，古代奥运会知识普及不够，没有形成完整的知识图谱，这套连环画很好地弥补了空白。从《古奥运会传奇》中，我们可以形象地了解古代奥运会的一些情况。这套连环画分为 6 册：《残酷的战车赛》讲述了公元前 776 年古奥运会的起源，《神坛上的女子》讲述了奥运史上第一次女子运动会，《残酷的战车赛》讲述了奥运会精神，《神奇的药球》讲述了实心球趣谈，《王子脱险记》讲述了撑竿跳的来历，《传令兵之死》讲述了马拉松的典故。人民美术出版社将这些奥运题材的连环画“集纳”时，从装帧到外包装都进行了精心的设计。离北京 2022 年冬奥会不到半年时间了，这套连环画现在依然具有重要的宣传意义，通过展现古奥林匹克运动会，奥林匹克精神得到了广泛传播。这不仅仅是一套连环画，而且还可以作为普及奥林匹克知识的读本，这也体现了连环画最大的好处是可以扩大人民群众的知识面。

《最美的中国人》书影

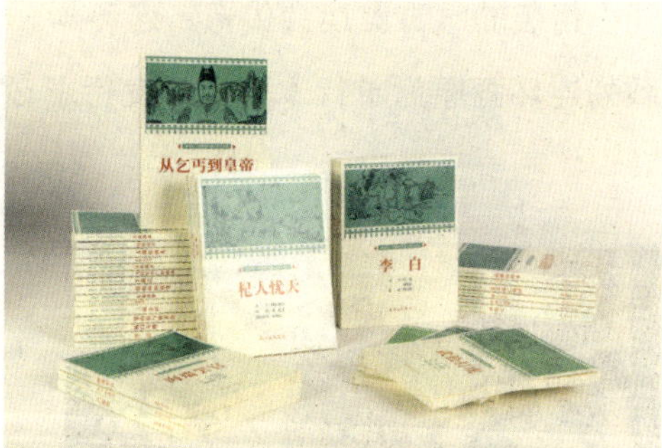

“课本绘”书影

二、一个联结人们情感记忆的连环画展览

作为博物馆人，我周末最爱去各个博物馆、美术馆参观。2019 年，我印

《人民就是江山》盒装书影

象最深的展览就是“人民美术出版社记忆：连环画里的共和国 70 年”连环画原作展。这次展览太难得了，作为连环画出版重镇的人民美术出版社将珍藏的部分连环画原作首次公开呈现。1951 年，人民美术出版社应运而生。年画、连环画、宣传画作为人民美术出版社建社之初的“当家花旦”，在传播新文化、教育群众中发挥着不可替代的作用。

我在博物馆从事藏品保管工作，从专业角度看，这次展览藏品数量丰富、藏品题材多样，很多都是珍贵的展品。比如在 1963 年全国首届连环画评奖中获得绘画一等奖的连环画《我要读书》，当年连续 3 次印刷，印数超过 100 万册；以白描手法绘制的连环画《西厢记》，当年 7 次重印。除此之外，还有热销的《西游记》《孔雀东南飞》《王贵和李香香》《杨家将》《岳飞传》等。展出的连环画原作有传统线描，也有水粉、水彩、油画、版画、漫画等多种风格。藏品实物保存状态良好，隔着展柜清楚看到线条力透纸背，艺术家作画的情景仿佛历历在目。展览大纲线索清楚明确，让观者一目了然。最重要的是，展品都是经典作品的原稿，比如周令钊先生在 20 世纪 50 年代画的《王贵与李香香》，还有《青年近卫军》和“高尔基三部曲”等。这次展览可以说是

“连环画里的共和国 70 年”展览现场

非常精彩的，300 件藏品联结起不同年龄段人们的情感回忆。

新中国成立后，连环画进入新的发展阶段，由于图画的通俗性而具备更多教育、宣传功能，充实着人民大众的文化生活。连环画不仅是青少年的重要课外读物，也是成年人文化娱乐的重要内容。在这一连环画发展的鼎盛阶段，人民美术出版社出版的众多经典连环画是很多人心中的黄金记忆。

在新时期，出版社更需要讲好中国故事。作为读者，衷心祝贺人民美术出版社走过 70 周年光辉历程。70 载栉风沐雨，70 载砥砺奋进，不忘初心，砥砺前行，人民需要艺术，艺术更需要人民。人民是艺术的欣赏者，也是艺术的创造者。人民才是艺术创作取之不尽的力量源泉。愿人民美术出版社在新时代迈向新征程！

赵媛　北京奥运博物馆馆员

追 梦

◎于 伟

我是个有连环画情结的人。每当我想起连环画，心情就十分激动，因为在我的人生经历中，连环画就像一串珍珠贯穿其中，而我与人美社的交往就像一根绳子一样，把这一个个美丽的记忆连在了一起。

我的童年是跟着姥姥在农村度过的。身为人民教师的父母，每逢星期六都到姥姥家去看我，来时总爱顺便带本“小人书”，这也是我最早受到的美术启蒙教育。是一本本“小人书”使我的童年充满乐趣、充满幻想，从此我与连环画结下了不解之缘。当我告别了姥姥随父母上小学时，我积攒了一小箱连环画。正是这些“小人书”滋养了我热爱绘画的天性，使我在艰苦的岁月里不再孤单，为童年插上理想的翅膀……

随着年龄的增长，画兴未减。大学毕业时，我就以“心灵的荒原”为题进行了连环画创作。参加工作后，一些报社和杂志社的老师和朋友时常找我画点插图什么的，我乐此不疲，画了很多：曾为周口日报社张新安主任的小说集《绝招》配图20幅，在杂志《小说选刊》中为作家梁晓声的小说《风华正茂》配了插画，后来还为《中国文艺家》杂志中作家于华的纪实小说《申凤梅传奇》配图。在配图的过程中，我被申凤梅的传奇经历和事迹深深地感染和打动了，于是就萌生了把申凤梅的事迹改编成连环画的想法，连环画《风雪腊梅》的初稿就这样产生了。对这幅用中国画小写意画成的作品，我非常珍视，时常带在身边（后来这幅作品入围了“第十三届全国美术作品展”，这已经是后话了）。我订阅了《连环画报》，便带着画稿，按照杂志上所提供的地址，第一次踏入人美社《连环画报》编辑部，接待我的是编辑部主任何玉麟老师。他对我说的第一句话是“现在全国画连环画的，像你这样功力的人已经不多了”。我听了为之一震。随后他又说了些鞭策和鼓励的话，让我受益匪浅。最后，

《中国人民解放军航天员群体——天地英雄》书影

他又给了我几个脚本，最后定为《梅花毛线衣》，要求我必须用白描形式去画。此幅作品，我用水笔以线描的形式绘制而成。此稿完成后，他们非常满意。后来编辑部老师又给了我一个脚本《包公审驴》。这是我第一次画古装作品，兴致很高，很快这套作品也完成了。

其间，我还创作了连环画《山果》。画成之后，我送到编辑部。我的成长，尤其是在连环画方面的提升，离不开编辑部老师的支持和鼓励。我还在人美社展厅参观了一次连环画精品展，这些作品都是人美社收藏的精品，能够亲眼看见这些著名连环画原作，实在是难得。

2019 年，我创作的连环画《山果》在《连环画报》第 3 期上正式发表。

当周文亚编辑通过微信告知我的时候，我激动地流下了眼泪。

疫情暴发后，出版社组织画家成立了连环画《钟南山》的创作组。编辑把我也拉了进来，我很有收获。在这些活动的感召下，我又画了纪实性连环画《武汉保卫战》《战洪图》。

在编辑的建议下，我还画了《王阳明小故事》这一古装连环画。

总之，在我追求艺术的征途中，有幸碰到人美社，尤其是连环画编辑部的老师们。在他们不断地帮助和指点下，我一直顽强地走在绘画艺术这条道路上。

与人美社老师我们经常在微信上交流，以至于让我时常诗兴大发，不知不觉就汇成了三本诗集。今摘录《追梦》一首于文后。

常伴东风追残梦，
行行重重复行行。
桃李春风期未遇，
痴心难瞑又启程。

于伟　结业于中国美术学院绘画研究生课程班、中国艺术研究院研究生院中国画创作研究生课程班，绘画作品入围“全国第十三届美术作品展”

走进心灵的记忆

◎ 张达兴

能让人留下美好记忆并且能相伴大半生的记忆是深入心灵的，是有生命的。如果是一家出版社出版的一本书或一本刊物，让很多人都留下了美好记忆，而且是相伴大半生的记忆，那这家出版社出版的书或刊物便真正走进了读者的内心。

今年是人美社建社 70 周年。我看了人美社最近出版的《连环画报》创刊 70 周年纪念号，里面刊发了很多作者写的文章，都描述了自己与《连环画报》的美好记忆，其中也包括我。不得不说，人美社出版的很多书刊已经走进了广大读者的心灵并留下了美好的记忆。

最早走进我心灵并留下美好记忆的书，是人美社出版的一本刊物——《连环画选辑》。1970 年，我上山下乡去了云南建设兵团。那时因为我能画画，兵团就让我参加地方文教局举办的美术创作学习班。1974 年 7 月 6 日，我们的创作学习班结束了，临沧市文教局的人赠送给我们一本美术刊物。在那个年代，很少能见到专业性的美术刊物。因此，这本书对我来说是弥足珍贵的，也是我当时拥有的唯一一本美术刊物。这本书就是人民美术出版社 1973 年出版、定价 0.48 元、72 页 16 开本的《连环画选辑》。

有了这本书后，我几乎天天都会翻阅，从封面看到封底，又从封底翻到封面，每张图、每行字都不知看了多少遍。“人民美术出版社”“连环画编辑部”等字样，深深烙在了我的心里。

那一年 8 月的一个夜晚，我刚睡着，就被门外的喊叫声惊醒，原来又发生地震了。我睡眼蒙眬地跳下床，冲出房间。当出了房间后，我猛然想起什么，赶忙又返回房，冲到床边，拿了压在枕头底下的手表和放在枕头边的《连环画选辑》，又朝房外跑。然而，此时的房门在剧烈的晃动中又关上了，我

连环画出版黄金期代表作

怎么也拉不开。震感越来越强烈，我拼命大声呼喊。幸亏外面的人帮忙，推开了房门，我才逃了出来，手里还死死地攥着《连环画选辑》和手表。这以后，我虽然陆续拥有了很多美术专业的画册和书籍，但这本《连环画选辑》一直伴随着我，至今依然保留在我的书橱里。

1979年3月24日，我结束了知青生活，到上海一家钢铁厂做图书馆管理员。图书馆里有很多杂志，其中有我最喜欢的《连环画报》。按厂里的规定，职工年底时可以将全年的杂志低价买走。于是，我花了0.3元买下了全年12本的《连环画报》，并且用牛皮纸做外套装订成“合订本”。至今我还保存着1981年和1983年自制的《连环画报》“合订本”。通过阅读这些书，我对连环画的认知大大提高了，尤其是那些经典作品，成了我创作的标杆。更让我欣喜的是，

《连环画报》几乎每期都有经典之作，真让我爱不释手，百看不厌。

1988年，由于工作变动，我考进了《解放日报》，开始担任编辑工作。这期间，我开始试着自己创作连环画。但因为平时工作繁忙，我一直苦于没有足够的时间来完成一套完整的中长篇连环画作品，一直没能画出自己满意的作品，心里很是焦虑。

2013年年底，我退休了，这下我有时间来创作连环画了。我把收藏的各时期的《连环画报》统统搬出书橱，再次细细翻阅。花了整整一年时间和《连环画报》“对话”后，心里有了想法，我开始着手创作一本由外国古典名著改编的油画连环画——《简·爱》。《连环画报》上发表过的外国古典名著改编的连环画作品成了我的“导师”，给了我不少启发。我用了近两年的时间完成了油画连环画《简·爱》的创作。

2018年至2019年，《简·爱》分三期在《连环画报》上发表。2020年，发表了我的油画连环画《傅雷的故事》。今年，《连环画报》发表了《最美奋斗者——谢晋》，同时，连环画出版社也将《谢晋》编入了“最美奋斗者”系列图书。

细细回想起来，留在我记忆里的连环画情结，起源于人民美术出版社的一本刊物，它像一颗种子一样植入到我的内心，伴随了我47年。我由衷地感谢人民美术出版社，感谢《连环画报》的编辑老师们！

这两年，我和人美社的编辑联系过程中，发现人美社已经拥有一批优秀的新生力量，而且非常敬业，让人感动。今天，人美社迎来建社70周年，全社上上下下以全新的姿态扬起了风帆，踏上了新征程，相信你们今后会给更多的读者带来好作品，给他们留下深刻、美好的记忆！

张达兴　原解放日报报业集团编辑、记者，上海市美术家协会会员

丹青妙笔绘梦想

◎ 默　非

谨以此文献给那个难忘的岁月和心怀希望的人们，献给曾经陪伴我无数笑声和泪水的人民美术出版社——70周岁生日快乐！

多年以后，我时常回想起独自一人阅读连环画的那个炎热的下午。我独坐在门口的柿子树荫下，忘却了灼人的烈日和肆虐的蚊蝇，以几乎不动的姿势逐页阅读着人民美术出版社的画册。不可思议的是，面对连环画中的白描图像和只字片语，我竟涌起了平静恬然的情绪。

我出生在沂蒙山腹地一个闭塞的小山沟里，20 世纪 80 年代物质和精神的匮乏，我平时只能去同学家“蹭”电视剧或连环画。且不说有同学从山外大城市带回的课外书与游戏机，我甚至还没拥有过一本真正属于自己的小小连环画。当时，我多么渴望能有一本“小人书”啊，觉得世界上最深的学问就隐藏在那些充满奇趣的连环画里面。

小学二年级的某天，我在邻居大鹏哥家里无意中看到了一本《龙宫得宝》，是《西游记》系列连环画中的一本，那种身临其境、意犹未尽的感觉让我至今记忆犹新！我在回家的路上反复品味着连环画中飘逸灵动的衣袂、呼之欲出的神态、萧远空灵的山水、苍劲有力的书法题签，心情紧随故事情节的起伏或喜或悲。可是，连环画册仅有一本，而且封面都被磨得起毛卷角，后面内容残缺不堪，最后的七八页，有的仅剩半页，只有从封底依稀辨认“人民美术”篆刻和书店圆形印章，才知道这本连环画册是从几十里地外的县城新华书店买的。那种强烈想听“下回分解”的奢望像火一样灼烧着心田。可在票证时代，平时买一根冰棍的 1 分钱都没拥有过，我用啥买连环画呢？

不过，我还是挡不住读书的诱惑，便自己想办法去赚钱了。初夏时节，闷热的街头巷尾都空荡荡的，只有灰雀在电线上独自啁啾。帮家里干完活后，趁家人午休，我顶着骄阳背起水壶爬上连绵的山脊，在遍布灰色砂岩和花岗岩的山涧沟坡中寻找白蒿、茵陈等中药材，准备攒足钱去买那套心仪的“人美”连环画。盛夏，在灌木丛穿行的我淌着汗珠，胳膊被荆棘、松针划破，甚至腿被石头磕破、马蜂蜇过，这些都没有浇灭内心那种对知识的强烈渴望。挖回家的草药，我仔细摘叶、冲洗、捆扎，找出“盖顶子”，把草药成行成趟摆放好，然后放到阴凉处慢慢晾干，等完全干透，再小心收起、放好，攒到了一定数量，和小伙伴们一起去离家五里地的镇上收购站卖钱。当那些皱皱巴巴的毛票和烟熏火燎的硬币——一角、五分、二分、一分从收购人员的手里递过来，我小心翼翼地接过，再认真地清点一遍，那数的是欢愉，数的是汗水和收获，更是自己对知识的渴求。

数月之后的一个下午，带上丰收的喜悦，我让爸爸骑车带着我到县城新华

《西游记》书影

笔者珍藏的部分连环画

书店，买到了那套心仪已久的《西游记》连环画，又着漫天的星光“飘”回了家：我终于有了平生第一套真正意义上属于自己的书，还是靠自己劳动得来的。人民美术出版社的连环画陪伴了我很长时间，让我爱不释手。遇到不认识的字就翻字典，碰到难懂的句子就请教父母和老师，装帧考究的连环画让我置身于唐僧师徒降妖除魔、苦乐悲欢的取经路途中，心中的求知欲和满足感油然而生！通过阅读，我逐渐明白了什么是勇敢正义，什么是阴险狡诈，是与非、美与丑、真与假、爱与憎在心中扎根……

后来，我又陆续读了人民美术出版社的《水浒传》《杨家将》《说岳全传》《革命故事》系列连环画和画报。这些书幅面虽小，但对一个身处群山里的孩子来说，无疑是打开了一条通往知识圣殿的启蒙大道。精致的人物绣像和情节刻画、简洁洗练的文字及解说，让涉世未深的我通过阅读和艺术想象超越时空界限，在方寸之间品位线描、素描、工笔、水墨、木刻等美术形式，体会到铁线描、兰叶描、工笔重彩等经典技法，明白了古今中外历史、文学、艺术的奥义，让我知道除了连绵的群山、不息的河流外还有更为广阔的天地和精彩的人生。

读《西游记》《水浒传》《西厢记》等系列连环画，让我更加熟悉了古典文学和塑造典型人物形象的方法；读《铁道游击队》《激战无名川》《冼星海》《江姐》《雷锋》《珊瑚岛上的死光》等系列连环画，为我埋下了党史教育和革命英雄主义的种子；读《王子复仇记》《神灯》《“幸福城”的猩猩》《诺贝尔》《居里夫人》《爱因斯坦》等系列连环画，让我感受到外国文学名著和科学家探索奥秘的魅力……我随着连环画思接千载、神游八荒，感受不同时代不同地方的风土人情、人文风貌。我汲取了连环画中的养分，逐渐成长，“阅读不能改变人生的长度，但它可以改变人生的宽度”。正是启蒙阅读的滋养，让我的精神世界不再干涸荒凉，让我的精神世界更加充实而丰富多彩，也正是这种文学、艺术的启蒙，让我自觉喜欢上了阅读和美术，它照亮了我走出大山继续求学的不平凡道路。

人到中年，岁月如同一把锋利的刻刀，虽然磨去了青春的棱角，也锻造了美猴王般的战士。在组建家庭、有了孩子以后，我也在延续着童年历程——阅读和学习人民美术出版社的作品，而人民美术出版社也“时运交移，质文代变”，相继出版了《春天的画卷·纪念改革开放40年连环画集》《非凡百年奋斗路·庆祝中国共产党成立100周年百种经典连环画》《大画家给孩子讲的中国节日的故事》等系列连环画集，运用油画、水彩、电脑绘画等大众熟知的美术形式，通过更为洗练的文字、彩色的画面、感人的故事，结合时代元素，串联起新中国成立以来的荏苒光阴，歌颂一个个激励人心、可歌可泣的典型人物和事件：有铭刻时代烙印的《红手印》《女排精神》《大碗茶》《孺子牛》，有讴歌英模人物的《忠魂永驻海天间》《一百九十次失败后的成功》《张海迪》《中国的保尔——朱彦夫》，还有演绎当代文学精品《平凡的世界》《赤橙黄绿青蓝紫》《伤痕》《人到中年》……

随着年龄的增长，我已不再像儿时那样流连于那些经典的连环画，但内心深处始终未忘记曾给我带来欢乐和梦想的“人美”大师们。到北京求学后，我曾经专程到人美社的旧址——北总布胡同32号，瞻仰崇拜的美术殿堂。“人

《春天的画卷》书影

民美术出版社”红色大字让我有“他乡遇故知”的亲切感，曾经读过的连环画、少年时的阅读经历、情景仿佛电影般在眼前浮现，那些在宣传画、连环画上看到的大师——古元、刘继卣、王叔晖、任率英、沈尧伊、尤劲东等先生曾经在这里用丹青妙手描绘时代，辛勤耕耘。在了解到贺友直三易其稿，韩和平、丁斌曾五次深入山东采风，沈尧伊四访长征路等传奇故事后，我愈发对那些艺术大师充满了崇敬。

在岁月浮沉中，我经受了沧桑、挫折与洗礼，但我没有消沉颓废。“回首向来萧瑟处，归去，也无风雨也无晴”，我始终被连环画带给我的精神力量所鼓舞，徜徉在文字、美术的世界里，倾听、阅读文人墨客的浅吟，倾听崇高灵魂的高歌。

默非　原名李飞，任职于中国地质大学（北京）

小人书　大担当

◎ 何　骁

大道未必简，小书真好玩。
求知无赘言，图文自连环。
稚子求若渴，怀旧胜良餐。
文化永传续，人美义担当。

感谢一路陪伴

◎王　睿

嗨！ 1990 年以后出生的你，是不是也和我一样有过相似的童年时光？没有周末补习班困扰，却总有来不及散热就被爸妈摸电视机后盖的恐惧；没有能打电话的手表，却有跟邻居小伙伴一起翻纸牌、踢毽子的欢乐时光；没有 kindle 海量图书资源，却有翻掉页都舍不得扔的“小人书”……

“小人书”又称连环画，是文艺工作者根据历史典故、英雄人物、民间传说、儿童故事等众多题材绘制的图文小册子。这种小册子以简明扼要的文字说明提纲挈领，配有妙趣横生的绘制图画，具有很强的可读性，它不仅是一代人的童年记忆，更是启迪教育大众的特殊文学体裁。

新中国成立初期，毛泽东主席曾指示：“连环画不仅小孩看，大人也看，文盲看，有知识的人也看，你们是不是搞一个出版社，出版一批新连环画。”随即文化部艺术局便成立了以出版连环画、年画等美术普及读物为主的大众图画出版社。但由于仓促上马，当时的连环画存在着画面粗糙、连贯性不足等众多问题。直至 1951 年，人民美术出版社成立（大众图画出版社并入其

52　悟空话音刚落，就听正南方呼呼风响，霎时尘土飞扬。吓得国王、唐僧和众大臣一齐躲进地洞。

13　谁知到了后排，却看见桃树花果稀疏，众仙女惊诧不已，议论纷纷，不想把悟空吵醒，跳下树大喝：“何方盗贼，胆敢偷摘仙桃？”吓得众仙女跪倒在地，禀明详情。

《西游记》内文

中），一批怀揣理想的文艺工作者聚集到人美社，投身于连环画出版事业，才让这些问题逐步得到了解决。在这些文艺工作者中，既有刘继卣、徐燕孙、王叔晖、任率英等卓有成就的书画家，也有林锴、费声福、姜维朴等风华正茂的青年才俊。这支朝气蓬勃的编创团队，在萨空了、朱丹等文艺家的领导下，筚路蓝缕，锐意进取，编创出版了众多为亿万人民所喜闻乐见的连环画佳作，产生了深远的社会影响。

其实，连环画在我父辈的童年生活中扮演了非常重要的角色。20 世纪六七十年代，人民物质生活匮乏，孩子们没有多少玩具和图书，而一本连环画足以让他们津津有味地看上大半天。听奶奶说，以前每家孩子都多，各家各户都有连环画，老大看了老二看，老二看了老三看，自己家的都看完了，就拿去与邻居小孩换着看。《西游记》《水浒传》《红楼梦》《三国演义》……这些经典名著最初就是以这样图文并茂的方式印在了他们小小的脑袋里。

直到 20 世纪 90 年代，连环画的出版数量锐减，好在我的童年也看到了这一本本生动有趣的小册子。记得当时电视剧《新白娘子传奇》正在热播，可是父母允许看电视时长有限，多亏连环画补齐了那些缺失的情节。记得那是一个盛夏的午后，我去表姐家玩，在一起翻看书柜的时候，我深深被那本与电视剧同名的连环画吸引。姐姐见我喜欢，小心翼翼地拿下来，告诉我只能借我一周。我当时开心得不得了，后来为了“把握时间”，上语文课的时候，忍不住偷偷把连环画放在书本下，聚精会神地看了起来。后来老师走到我身边没收了我的连环画，我回家痛哭了好几天。直至今日，在旧书摊还是能偶尔看见连环画的身影，它鲜活地陪着几代人长大，让人不免对其怀有特殊情感。多年以来，在梦中，我常无数次地回到童年那个知了声声的午后，我和姐姐挤坐在墙角，聚精会神地阅读连环画，整个世界都安静下来了。

弹指一挥间，今年已是人美社成立第 70 个年头。70 年来，人美社不忘初心，与时俱进，用心用情做好每一本刊物，除了连环画以外，先后出版有上万种美术读物，其中包括画册、论著、教材、少儿读物、宣传画、年画、美术期刊、

“美术高考联考”系列之《素描》《速写》《色彩》书影

艺考教材以及电子出版物等，这些刊物在国内外已享有极高的声望。作为中国美术出版行业的领头雁，人美社在自身发展建设进程中，不断汇聚优秀美术学者和专家为人民做出艺术贡献。作为时代的记录者，正是他们的工匠精神和辛苦付出，让精美图文充实了几代人的精神生活，也正是他们70年的坚持，成就了今天中国美术界的经典和辉煌。

《连环画报》那火种的力量

◎ 熊冰雪

清晨六点
四环车流声响
清风阵阵
抹去沉淀的炎热
唤醒我记忆里的闲暇时光

关于童年
记忆的关键词里有
汽水　辣条　《连环画报》
放学后的校门外
报刊摊上
《连环画报》换走了我的压岁钱

只喜欢
到有连环画、小人书的亲戚家
安静度过喧闹时光
连环画让我不会嗑瓜子、说闲话

背着爸妈给我订阅的《连环画报》
走过中学的青春时光
悄悄编画一部仿《春秋战国》的《王朝家族恩怨故事》
让小伙伴们争相传阅到

消失踪影
像一场雨水抹去精心绘制的黑板报
认识到遗憾和无常

时光荏苒
同事说我年轻
扪心自问
我不忍抛弃的稚气天真
是书柜里
不断叠加的《连环画报》
每次搬家
不会扔掉的那大纸壳箱

终于在学术的方向上
我转到了美术史
也跟随研究对象
走了很多地方

越是忙碌
越需要睡前一本品读
我的效率背后
是留给自己的
爱与梦想

顺着《连环画报》
我看到了它的出生地方

我的文字也跟着它
在人美社出版的学术期刊里
偶然星光闪耀
好似孤独星球
得到宇宙深处的回响

谁也不知道
那个小小连环画撑起的
大大梦想
在大大世界里的
小小的人身上

劝君多读
人民美术出版社出版物
也许一不小心
点燃您心中的梦想
并坚韧地燃烧
将“人美”的精神传扬

熊冰雪　北京大学助理研究员

《任伯年全集》书影

《中国民间美术全集》书影

《李苦禅全集》书影

第三章
滋养

呼唤“美”的回归

◎ 王家春

我从小喜欢美术，所以对美术方面的刊物、文章情有独钟，遇到那些观点新颖、说理充分、切中时弊的好文章，情不自禁会把它剪下来，贴到厚厚的剪贴本上。在这样一个信息化的时代，我还保留着一个读大学时养成的习惯，真的有一点落伍。

人美社，是开启我艺术之门的钥匙。在我的心目中，人美社就是一个字——“美”，它是美的创造者、美的传播者、美的弘扬者，70年的历程，不忘初心，始终走在弘美的艺术之路上。

我与人美社的故事，就是从这个“美”字开始的。

那时我任西安美术学院党委书记，因为工作关系，很荣幸和周伟先生相识，我们俩一见如故，经常谈的就是艺术的美。针对当时艺术界的乱象，特别是那些以表现低俗、恶俗，甚至恶心、暴力为荣的现象，对那些是非不分、善恶不辨、美丑不分的作品，我们在艺术观点上高度一致，都深深地感到艺术界应该有人大胆地站出来，正本清源，回归艺术美的功能。

有一天，周伟先生来西安美术学院考察，我带他们一行参观了学校随处可见的拴马桩，又带他们参观了学校博物馆馆藏的历代美术大师的作品。大家边看边聊，我突然冒了一句，贵社出的《中国艺术》杂志上有一位叫钟一平的作者是哪个单位的？他写的评论文章很好，篇篇渗透了中华优秀传统文化中关于美的思想，针砭时弊，弘扬艺术的正气，看了很带劲。旁边一位人美社的同志笑了，说那是他们社长的笔名。我虽未尴尬，却也稍稍有点不好意思，握住周伟先生的手说：“你已经在为‘回顾艺术的美’大声疾呼了呀，这些文章我都剪贴了下来。”

参观完后，回到我的办公室座谈。有人开玩笑说，想看看我的剪贴本。

我也开玩笑说到，你们不相信呀？于是我从书柜中拿出了厚厚的一个剪贴本，一页一页地找，《美丑辨》《艺术家的底色》《工匠之美美在哪里》《艺术家的修养》《回到情怀》……一篇篇地展现在了大家的面前。气氛马上热烈起来，在座的都为周伟先生的“艺术义举”而振奋，纷纷表示一定要行动起来，为艺术回归美的道路而力所能及地去做一些事情。我也发自内心跟周伟先生说：“你处在人美社这样一个重要岗位上，应该当好主要责任人，大家共同为艺术之美尽自己的微薄之力，众志成城，一定会有所成效。”

说行动就行动。2018 年底，由西安美术学院牵头，在西安美术学院召开了全国重点美术院校“重塑艺术的美育功能”座谈会。座谈会受到来自全国美术教育界、哲学社科界、艺术理论界等相关领域的广泛关注，并得到了陕西省委的高度重视。在会上，中央美术学院宣传部部长秦建平代表中央美术学院介绍了习近平总书记给中央美术学院八位老教授的回信情况，表达了老一辈艺术教育家面对社会问题，强调德智体美全面发展，实现中华民族伟大复兴的心声与使命。中央美术学院党委书记高洪在会上发表主旨演讲《弘扬中华美育精神》，演讲文章被《人民日报》全文刊发。我在座谈会上做了题为《时代呼唤艺术美育功能的回归》的演讲。座谈会以“坚持立德树人、扎根时代生活、遵循美育特点、弘扬中华美育精神”为主题，有 18 位专家进行了主旨演讲，不仅表达了艺术家和艺术教育工作者对中华民族伟大复兴的不朽信念，更彰显出艺术创作的时代价值，坚定了为社会大力培养美育教育人才的信心。

这次座谈会在艺术界、教育界引起了巨大反响。为切实加强高校美育工作、深化美育教学改革，教育部成立了全国高校美育教学指导委员会，中央美术学院党委书记高洪同志就任首届全国高校美育教学指导委员会主任委员。艺术的美和艺术的美育功能得到了更多专家学者及社会各界的认可。

与此同时，周伟先生以钟一平的笔名，坚持着他对“美”的呼唤，并于 2021 年结集出版美学专著，书名为《美的 36 个追问》。更重要的是，在人美社这个艺术圣殿上，他用三个月时间，举办了九期讲座，梳理了国内外美学理论和发展线索，将中西方美的历程进行对比，在纷繁复杂的头绪中，理出了一个清晰的脉络，让大家很容易明白“美”究竟是什么。当这些讲座内容变成一本厚厚的《美的常识》放到我的书桌前时，我被周伟先生弘扬“美”的勤奋而感动，每每读到关键处，皆会拍案称奇。我情不自禁，提笔书写了书评《呼唤“美”的回归——读周清毅先生〈美的常识〉》，文章在《美术报》上发表后，引起了艺术家们的心灵共鸣。的确，真正的艺术家，当他涉足艺术的第一刻，一定是因为艺术的美在召唤他。没有了美，艺术也就失去了存在的意义。

2021 年 4 月 19 日，习近平总书记在清华大学考察时指出，“美术、艺术、科学、技术相辅相成，相互促进，相得益彰”“把更多美术元素、艺术元素应用到城乡规划建设中，增强城乡审美韵味、文化品位，把美术成果更好服务于人民群众的高品质生活需求”。习近平总书记的讲话把艺术之美上升到了一个更高的层次。周伟社长善抓机遇，筹划出版了第一套中小学《美育》

人民美术出版社举办的“美术教师大会”海报

《美的常识》书影

教材，并创办了《美育》杂志，把习近平总书记的讲话精神落实到了具体工作中去，为提升美育的社会作用、普及美的知识、研究美的当下意义等等，开辟了一块新的美学阵地。

美的常识的缺失，特别是艺术类院校学生美学常识的缺失，成为艺术类学生在艺术上难以有所突破的主要原因，很多艺术院校没有开设美学课。我曾想写一本《大众美学》，作为大学生马克思主义美术常识的初级读本，普及美学的一些基本常识，但因事务繁忙，至今仍停留在绪论阶段。党的十九大报告提出“推动中华优秀传统文化创造性转化、创新性发展”。传统文化的发展需要浑厚的文化底蕴和扎实的传统文化根基，非一般人所能为，但创造性转化，却可以根据自身优势而选择进行。在这方面，我做了一个有益的探索，将中国优秀传统文化的经典，用中国画的形式表现出来。书稿出来后，几经辗转，也是与人美社有缘，《画说〈菜根谭〉》《画说〈道德经〉》有幸在人美社出版，受到了读者的普遍好评。随后我将继续对传统文化经典进行画说，赋予传统文化一个新的美学形式，使人们通过视觉，更容易体会到传统文化的美。

与人美社结缘，源于一个“美”字，在艺术的道路上，我也要向人美社看齐，永远不忘初心，坚守艺道弘美，为艺术之美，贡献出自己的微薄之力。

王家春　西安美术学院原党委书记，现任陕西广播电视大学党委书记

“教育的人美”的实践与探索

◎ 刘　新

我是在 2018 年与人民美术出版社偶然相遇的。记得是在江苏宜兴开会，那时候人民美术出版社提出了要打造“四个人美”的口号，提出要紧密结合工作实际，与美术类高校紧密合作，使出版社与教育科研对接，提高人美社的知名度和美誉度。之后为推动这项工作，人美社与各美术类高校展开了紧密的合作，走进高校、走近师生、走进校园，将实际业务融于高校之中，提高了人美社在各高校当中的影响力。举办人美高校毕业生作品展、向高校赠书、与高校合作建立研究生培养基地等一系列活动，使人美社的影响力明显扩大，同时给予了高校许多的支持和帮助。

几年来，中国美术出版总社以抓落实、促创新、出精品为抓手，从制度建

《美育》创刊号书影

《美育》创刊首发式

设、内容建设、融合发展等方面发力，在“四个人美”发展战略基础上，不断做优做强主题出版，铸精中国美术品牌。特别是在2021年，人美立足行业职能，发挥特色优势，勇于开拓创新，积极推进优质资源内容建设，提升应对风险和变化的承载能力，全力打造高质量发展的主题出版，为讲好中国故事、传播中国声音、建设书香社会贡献人美力量。

2020年，人美社推出的《美育》杂志是一本国家级的美育专门期刊，为学校和美育教育工作者搭建了高端学术交流平台，打造了中国最具影响力的美育教育媒体。我在《美育》杂志发表了一篇文章：《新时代美育在立德树人中的效能》。《美育》以艺术领域为主轴，从美术、设计、音乐、舞蹈、影视、戏剧等，延伸至哲学、历史、文学、社会学等综合人文领域，突出了学术性，兼顾实践性和普及性，引领了美育主流方向。《美育》既重视政策指导与学术引领，又关注不同地区、学校的创新与实践，在展现中国艺术理论和实践成果、拓展美育的深度与广度、加强教育推广功能、凸显美育在新

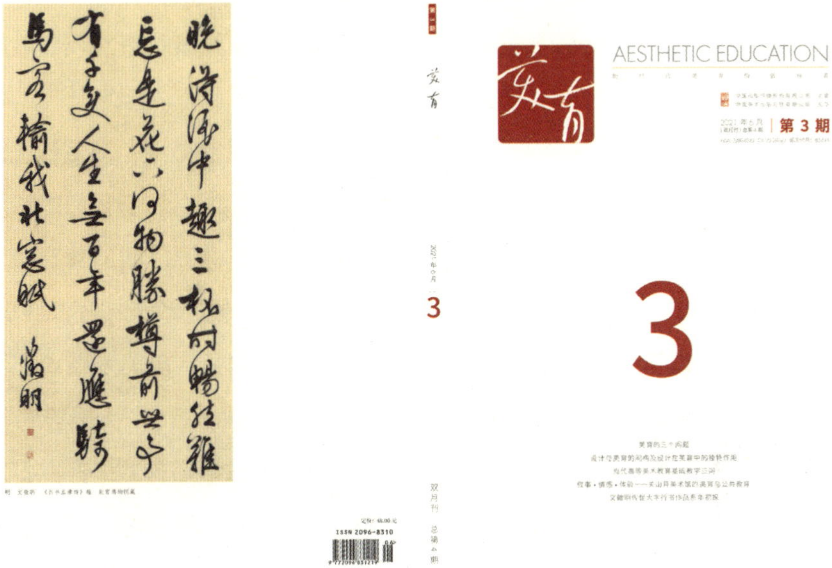

《美育》杂志封面及封底

时代的重要作用和社会价值等方面发挥了巨大作用。

“导向金不换，质量高于天”是人美社提出的明确要求，每一位编辑都要始终坚持正确的出版导向，坚持把社会效益放在首位，认真落实意识形态责任制，坚持选题三级论证和重大选题备案制度，对主题出版类的选题单独论证，确保选题质量。在出版方面，人美社不仅围绕图书馆出版系列图书，而且为艺术院校专业美术出版提供了平台。

作为一家美术专业出版社，人美社特别注重主题出版和美术专业出版的融合，充分发挥美术形象性强的传播特点，出版广大群众喜闻乐见的图书，把党和国家的主张形象化、具体化，易于为广大人民群众所接受，让党和政府的声音传遍千家万户，增强主题出版物传播的广泛性和有效性。发挥连环画传统优势，讲好中国故事。连环画是中国特有的一种艺术形式，能很好地承担宣传、教育大众的社会功能。为此人美社以连环画为突破口，配合党和国家的重大活动做好主题出版，弘扬社会主义核心价值观。在发挥连环画优势方面，人美社与我院连环画专家李晨合作，创办了连环画研讨班，李晨教授亲自主讲，也为我院连环画创作的提高提供了借鉴。

“人美毕业季”已连续举办了三届，取得了良好的社会效益，对宣传推介高校优秀毕业生及优秀毕业作品起到了意想不到的效果。不仅使我们的毕业生从中获益，也为各个美术专业院校展示毕业生成就提供了广阔的舞台。人美社从“年画、连环画、宣传画”出版起步，在宣传党的方针政策、教育群众、引导社会舆论方面发挥了独特的作用。希望人美社继续坚持用美术特色出版服务大局、服务群众、服务社会，传承红色基因，做好主题出版的“人美答卷”。

我衷心祝愿人美社越办越好，通过“四个人美”的实践与探索，扎实推进人美社继承文化传统，传承红色血脉，在新时代创造美术出版的新篇章。

刘新　鲁迅美术学院党委宣传部部长

为儿童美育发声

◎ 黄雅琼

认识“人民美术出版社”是在小学美术课本的封面上，这是我最早的美育启蒙，对于小城市的孩子来说，这也是当时唯一接触美育的途径。

一转眼20多年过去了，真正与它结缘是源于杨景芝老师的一本《美术教育与人的发展——儿童美术教学法研究》。大学毕业后，我踏入社会，开始从事儿童美术教育，教学重心以传统的传授技法为主，画面也以迎合家长的成人审美为中心，很多情况下忽略了孩子在从事美术活动中的主体地位，一板一眼教授“我要你怎么学”。所幸一年后，有幸读到了杨老师的这本“洗髓经”，书中的内容直击灵魂，“爱与尊重是教育的出发点”“儿童教育不应是脱离儿童实际的以传授知识技能为目的的美术教育学科，不应用模仿的教学方法压抑儿童的创造力”，让我不得不重新审视自己的职业，我开始在实际教学中尝试改变教学方式。

美术除了画写生、画感受，更是孩子情感表达和创造性冲动的一个出口。画日记是不错的方式，是引导孩子进行造型活动、培养创造能力的重要方法。孩子最早从三岁开始便能进行创作，根据发育和认知的情况，画面会呈现不

教育部与人民美术出版社共建人美美育学堂

美育学堂学生展示课堂作业

同的特点，差别很大。

在很长一段时间，为了迎合市场需求，美术教育被当作商品进行贩卖，急功近利。幸运的是现在的家长们越来越懂孩子，同事张蔚老师撰写的日常教学心得得以在2019年第一期《幼儿美术》上发表。2019年，人民美术出版社也站出来为儿童美育发声，举办了第二届中国幼儿原创艺术展，我当时所在的单位童画榜样美育工作室也有幸获得了参展资格。

新冠肺炎疫情期间，人民美术出版社以“众志成城，共抗疫情”主题征稿，给奋战在一线的人员以精神支持，我们的孩子积极响应，表达自己的感受。

2020年，在从事儿童美术教育的第11个年头，我创办了自己的美育工作室——画话原创艺术教育，也终于能以自己工作室的名义参加人民美术出版社举办的第三届中国幼儿原创艺术展。2021年，我们的美育学校也将正式起步，秉承求“同”存异的文化精神，发展孩子共性，发掘孩子个性，培养心（价

《幼儿美术》封面

值观)、灵(思想)、手(实践)、巧(技巧、技法)的孩子。

感谢人民美术出版社为美育发声，希望《幼儿美术》《美育》等期刊越办越好。让我们不负努力、不负坚持，一起走得更远、更好！

美育学堂课堂教学

黄雅琼　毕业于湖南省怀化学院艺术设计系，画话原创艺术教育创始人

共筑美育教育的桥梁

◎迟 伟

在这个色彩斑斓的秋天，我们迎来了人民美术出版社成立70周年的日子。众所周知，人民美术出版社是国家级美术专业出版社。1951年，在人民美术出版社成立之际，周恩来总理题写了社名。人民美术出版社是新中国成立最早的中央级出版社之一，也是新中国美术出版事业的发源地，它以一流的美术书刊，打造出了中国专业美术出版社的品牌，也深刻影响着中国现代美术事业的发展进程。

建社以来，人美社不仅出版连环画和教材，名家画册、美术技法类图书、少儿读物、艺术论著、宣传画、年画等均有出版。近几年，一些展览也引起社会关注，如“纪念马克思诞辰200周年暨中国共产党成立97周年美术作品

中宣部常务副部长王晓晖参观“纪念马克思诞辰200周年暨中国共产党成立97周年美术作品展览”

人美版《美术》教材

展”，好评如潮。中小学美术教材更是给无数孩子带来了美育的启蒙。人美版《美术》教材从艺术的本质出发，着重提高学生的综合能力：内容符合各年龄段学生的心理特征，以学生兴趣点入手，注重艺术形式的多样性；版面设置清晰，栏目设置多样化，注重创新思考与互动。众所周知，美育教育是教育教学中的一个永恒的话题，是学生全面发展教育中不可缺少的组成部分。开展美术教育不仅可以提高学生的美术修养、陶冶情操，还可以打开眼界，增强学生的观察力、想象力、创造力。人美社的美术教材在有限的课堂时间内教授给学生无限的知识，使孩子们获得了一生都能受用的审美能力。

美术学科是一个通过艺术创作来表达作者情感态度、价值观的学科，大量的美术作品都蕴含了作者丰富的情感思想。美育本身就是一种美感以及美学的教育活动。在美术教育中，美育更是能够直接表达美的常识，为人们传递各种美感。随着新课改的要求，美育加大了对学生的审美观以及审美需求的培养。它更直接地传递美学知识、表达美感，培养学生健康的审美观念。

山东美术出版社作为山东省内唯一一家专业的美术类出版社，一直以人美社为标杆，努力打造自己的品牌。特别是在《美术》教材的研发和推广方面，一直与人民美术出版社保持着长期友好的合作关系。多年来，山东美术出版社一直与人民美术出版社合作推广人美版义务教育《美术》教材，并在新课标实施后对美术教师的培训工作。在双方的共同努力下，如今人美版《美术》教材在山东省内的推广取得了良好的成绩。

与人民美术出版社的合作，引领山东美术出版社探索美育教育的新途径，形成了美育教育的新格局，摸索了美育推广的新办法，建立了美育教育合作的新机制。回顾过去，既有成绩，也有问题；立足当下，既有压力，也有机遇；展望未来，既有动力，也有信心。未来，我们期望能够与人美社加强合作，目标共进、信息共享，携手筑起美育教育的桥梁。

人美山美，美美与共。

迟伟　山东美术出版社副社长

“白首如新，倾盖如故”

◎ 沈良娟

对于我这个“70后”来说，70周岁的人美社是一个令人尊敬的“长者”，亦是我相识多年的老朋友。人美社的图书伴我成长，给予我力量，指引我方向，引领我不断追求更好的自己。

小时候的记忆犹新：元旦前夕，新华书店里来了各种最新版的年画，喜庆的色彩，鲜活可亲的人物形象，福星献瑞、木兰从军、松鹤延年、百花争艳、万事如意，各种吉祥的寓意和时代风貌的宣传，似乎是整个新年的序幕。待到新年那天，我又迫不及待地将仔细甄选的年画张贴上墙，贴春联、贴福字、挂灯笼、挂年历，忙碌得不亦乐乎。年味随着忙碌，就这样浓厚起来。一家人围坐在年味满满的屋里，热闹地迎接着中国人最传统红火的节日。人美年画以其喜闻乐见的方式走进了广大民众家里，驻在我们小时候的心里，起到传播知识和教化民众的作用。以耳熟能详的历史故事反映时代精神风貌和社会气象的作品比比皆是，它们以最简单、最直接、最大众的艺术形式，温暖了一代又一代的中国人，和中国的传统文化一起沉淀在我们记忆的深处，浓厚而热烈。

“灼灼璞玉，静世芳华”，从人美社的书籍中不断学习知识、提升素养，我度过了最美好的年华。长大后，我成了人美社教材的使用者——幸福的一线教师，带领学生畅游在艺术的海洋里，引导学生不断放飞艺术的梦想。

人美版《芥子园画传》是我案头上的老朋友，闲下来的时候，心意相通，“不囿于心，不萦于心”，专注求索笔墨章法，体会其中的用笔神韵。山河四季，古树繁茂，人物小舟……都是我向芥子园“先生”躬身请教的知识启蒙。完整的一套人美版《黄宾虹画集》精装版被我收藏进书房，时常翻阅、时常求索，在浑厚笔墨中去感受黄先生胸中的祖国山河，技法深邃，慕之、悟之。

时代变迁，变化快速得令人惊叹，如今人美社网站、公众号、电子书成了我更便捷的学习窗口。内容丰富，信息传递快捷得让人应接不暇，更能全面迅速地接收到人美社全方位的传播信息。纸媒艺术、网络艺术、媒体信息技术交融在我们快节奏的生活里。但我还是更钟爱传统的纸媒艺术，喜欢把它们收藏在我的书房里。闲时静静翻阅，在葳蕤生香的庭院书房中，和我珍爱的书籍，形成一种思想上意澈相融的境界。

《美育》读本书影

“2019 年人美年度教育人物——‘寻找百名全国最美美术教师活动’以‘四有’好教师和‘四个引路人’为标准，开展了在全国范围内评选符合有情怀、有底蕴、技艺精、方法好、能创新、善融合六个评选标准的最美一线美术教师。”2020 年 9 月，人美社从 6000 余名全国参选教师中选出一百名优秀教师，集聚在 9 月的四川美术学院中，共同探讨美育一线教学的思路。会议上，作为出版国家队的人民美术出版社，再次传达习近平总书记对新时代美育教育的殷切希望，明确一线教师在大时代美育工作中重要的发展方向。我作为百名教师中幸运的一员，参加了全国优秀教师授课展示，现场评课收获颇多。

2021 年，为提高广大学生对美的认知，人美出版了全国第一套中小学《美育》读本，这套读本覆盖了小学一年级到初中三年级共九个学段。我有幸参与了此套读本教学参考书的编写工作。在与段主编的精心审稿和沟通中，感受到人美编辑一丝不苟、精益求精的工作态度，深切体会到每一本人美图书问世的不易。精美文案，优美词句，作品背后又有多少辛苦的付出。《美育》

“最美美术教师”大会颁奖仪式

读本是对素养的提升、对情感思想的丰盈，更是对人生志向的启迪、对世界文化的包容。关乎美育写下的每一段文字，都是对人内心的唤醒，希望得到回声。

人美社精神如幽幽兰香，浸润在每一页精心编辑的书页中，人美每一部著作的背后都凝聚着团队的倾力合作。作为“百名最美美术教师”中的一员，我将继续在人美作品的知识海洋中“奋楫笃行”，追求更好的自己。在人美70华诞之际，作为人美的读者和教材编写参与者，我将不忘人美精神的初心，笃行致远。祝愿人美社的发展蒸蒸日上，事业万里可期。

沈良娟　高级教师，全国“最美美术教师”获得者，山东省美育专家

“人美”伴我20年

◎ 周芮帆

5岁时，我读到了人生第一本书，那是表姐的美术教材。她当时已经上小学了，对美术兴趣不大，一回家，课本便被随便丢在床上。这本图文并茂的教材，着实让还不认识多少字的我体会到了阅读的快乐。那些印刷精美的名画，还有那些样式各异的建筑照片，让年幼的我印象深刻。我在傍晚的夕阳中快乐地合上这本书，封面下方居中印着字号较小的几个字，我认不全，但至少辨认出了“人”和“美”。后来我也上学了，认识的字多起来，拥有了自己的美术教材，也把那行小字认全了——人民美术出版社。

说起来，我们“90后”接受的基础美术教育，便是来自人美社的这套教材，里面包含了中外美术史、最基础的绘画与书法技法，以及对艺术的感受力与理解力的训练。除了教材外，人美社还出了那么多针对儿童的美术读物。小学三年级时，因为绘画作业得到老师青睐，被奖励了一本漫画书，和我的美术教材同样是黄色封面，那也是人美社出的。那年我9岁。

《幼儿美术》书影

五年级时，爷爷要我照着字帖练字，布置每日作业，暑期必须把字练习好。我乖乖点头，拿着字帖仔细翻阅，发现熟悉的七个字——人民美术出版社。那年夏天，我和爷爷的故事里有人美，那年我12岁。

人美美育学堂教学场景

迈进大学校门那年，我选修一门中国工笔画，老师在课上以连环画形式教我们白描，描摹的第一本是《西厢记》，翻开为之惊叹，人物形神生动，环境充满诗情画意，色彩典雅端丽，线条流畅刚劲。大学期间苦练技法，临本全部来自这些连环画，这些连环画也多是人美社出版的。我和校园的故事里有人美，那年我18岁。

毕业后，我要开始工作啦，做些什么好呢？从事美术教育吧。跌跌爬爬在社会上参加工作，从公办学校到培训机构，又从早教中心到国际学校，穿梭其中却不得其意，迷惑不解的我跌跌撞撞找不到方向。一个时期、一些地方，总会有思想上的偏差。他们往往以为经济上去了，精神文明自然就上去了，甚至以为经济是“实的”、精神文明是“虚的”，无须多在意。我觉得这种看法错得离谱，但有时也困惑——教育是什么？为何而教？大多为市场式教育，一度让我失了兴趣、掉了自信，找不到彼岸。

2018年，习近平总书记在全国教育大会上强调要全面加强和改进学校美育工作，国家将“美育”置于重要的地位，美育受到了前所未有的重视。关注时事的我看到周伟社长写的文章《“四个人美”的厚植创新》。人美？就是一路陪伴我成长的人民美术出版社。

中华人民共和国成立70周年，人民美术出版社以“四美”向祖国献礼，周社长说我们不但要做“出版的人美”，还要做“教育的人美”。

去年，我加入了人民美术出版社美育学堂江苏运营中心，由于工作关系，有幸多次走进人美，也曾近距离与编辑们一起探讨美育教育，就此萌生了我要用一辈子去完成的使命。29岁的我在人美。

《美的启蒙》教材书影

在学习业务的过程中，我努力做到“教育的人美”，细想美术教育就是人类最早的文化教育活动之一，是美育的源头。如果说有一张船票可以开启美术艺术的船桨，那一定是在人美。我坚信，我们可以找回失落的文化精神。

那么如何寻找？美育普及要从娃娃抓起，“教育的人美”中教材一定是一样好宝贝。杨景芝教授在编写校外美术教材时写道：教育应当遵循美育特点和幼儿成长的规律，以美育人、以文化人，培养幼儿拥有美好善良的心灵，懂得珍惜美好事物，用自己的方式去发现美、感受美、创造美。构建中国特有的美术教育体系，这也是我多年来跌跌撞撞寻找的答案，区别外界市场化模式，打开孩子新思维。

我们的教材凸显幼儿创作与美术技能的有机结合，让所有孩子都有机会并乐于参加艺术活动，真正体验创作的愉悦，感受幸福的生活，从而达到探索生活、感知生活、观察生活的目的，抛开成人眼中的“像不像”，不再局限于“妈妈觉得好”的作画思路。这也正是我们教材编写者杨景芝教授一直传达给我们的美育理念——教学不能成人化取代儿童对美的感受，不能以主观意图束缚孩子创造思维发展。

人美的教材不断与庸俗性、功利性做斗争，树立良好的社会风气和审美趣味，从全面发展的角度去理解教育的根本，使美术教育真正成为滋养社会创新的重要源泉，营造美术事业繁荣发展和健康的氛围。

周芮帆　任职于南京和思文化传播有限公司

普通高中美术教科书《美术鉴赏》编写杂记

◎ 李力加

人民美术出版社，对我来说是一个神圣的名字。20 世纪 60 年代开始，家中所看的多本连环画，以及每年张贴的年画或宣传画，都由人美社出版。童年中的图像记忆，有太多与人民美术出版社有关。版权页上的“北总布胡同 32 号”——人美社旧址，这几个字时常映入我的眼帘，至今印象非常深刻。

2016 年暑假，人美社邀请我来京，参加普通高中美术教材编写工作。夏日的京城，双井地铁站 D 口右拐，第一次走进人美社。人民美术出版社作为我国出版系统的国家队，我能参与该社的《美术鉴赏》教材编写工作，深感责任重大。

自教材编写开始，相当长时间，我都处于严重的焦虑当中。因为，这次的教材编写首先要考量自己和编写团队成员如何认识和理解核心素养，以及普通高中课程标准提出的美术学科核心素养有哪些，其次特别要厘清为什么新时代美术课程核心素养是上位、美术学科知识和技能是下位。大概念（大观念）、真实问题情境、基本问题等，这些在美术教学中之前没有遇到的问题困扰着大家。

自诩“我是‘80 后’”的课标组长奚传绩先生，以及首都师范大学尹少淳教授一同被请来人美社指导教材编写人员，就如何认识核心素养这一新时期美术课程目标要求一次次地论述、讲解，不断激发大家对真实问题情境、大观念的理解。当“民间美术‘老土’，学这有啥用”的真实问题情境得到两位课标组长高度称赞之时，我和编委老师们终于找到了通向核心素养目标的编写路径。

与沈兰、杨成、高旭彬、邢延岭等编委连续几次来京，常常在宾馆里针对一个问题讨论、研究到半夜，一直在思考落实核心素养目标的美术教材究

新高中美术教材书影

竟应该是怎样的呈现形式。那些日子里，教材中心教富斌主任和编委们一起，为了拉出一个基本的单元框架，不知耗尽了多少个不眠之夜。在一次次推翻“美术鉴赏”单元架构过程中大家有过“红脸”的争论，有过突发新思路的开心，有编写思路被课标组专家否定后的焦虑、困惑、疑问，更有着不怕困难、继续前行的干劲和韧劲。记得在一次编写会后，订好了第二天早晨 7:50 返程机票，清晨 5 点起床赶去首都机场。退房后，宾馆的旋转门竟然直接把我撞倒在地上，我顿时眼冒金星、头部眩晕，吓得杨成、高旭彬两位编委脸色发白，呼喊：“为了编写《美术鉴赏》，李老师差点‘牺牲’了！”

在教材编写前期，单元主题框架确立、推翻、再确立、再推翻反复多次，困难重重，前后七易框架，教材责任编辑登门请教朱良志、薛永年等学者，最终确立教材整体框架思路，为高质量地完成整本教材打下基础。

为了完成《美术鉴赏》编写工作，两年多时间，教材中心教主任亲力亲为，带领编委们克服各种困难，先后奔波在南京、湖州、成都等地，不仅主持编委会会议，处理会务杂事，还要逐字逐句研究、推敲每个单元主题中所有细节（文字与作品图片），敬业精神令编委们感动。无论是带着编委们集体飘落在南京远郊某宾馆，还是寄宿在浙江湖州南浔镇的民宿客栈里，在远离城市喧嚣，安静的环境里，编委们针对每个单元主题内容，认真学习、冥思苦想、呕心沥血、深入研究，每每都工作到深夜。曾记否，那日清早，呼吸着南浔镇河道上散发出略带腥味的空气，走到镇子某个村头低矮木屋的面馆里，和当地村民一样招呼：“掌柜的，来一碗面。”大家就这样迅速打发完早餐，即刻再进入工作状态。辛苦、单调的编写生活，大家从没有怨言。一次次集体讨论、反复推论、认真撰写，不断推翻重来，拿出质量过硬的国家级《美术鉴赏》教材，是编委们共同的心愿。

2018 年是《美术鉴赏》教材编写的关键之年。与教材中心李滢总编辑和教富斌主任一起在北京远望楼宾馆，参加教育部高中教材工作会议，各出版社都暗暗较劲，力争使自己的教材更加有水准，教材编写已经进入到艰辛的最后冲刺阶段。

为了保证教材在教育部送审时一次通过，岁末，编委们集体奔赴成都四川大学，完成教材最后的文本修改与整体完善，这是一段特别难忘的日子。人美社集中编辑优势力量，全力和各位编委共同打磨教材最终稿，每个单元、所有主题逐段逐句修改，作品图片更是精挑细选。记得那时候，黄宗贤主编在凌晨 3 点钟按时完成他所负责的文本。白天集体讨论后，文案需要重新编撰，高旭彬、沈兰、邢延岭、赵帅、赵志红老师都会连夜在各自房间将修改稿完成，

湖州《美术鉴赏》推进会

《美术鉴赏教学参考用书》资源包

第二天立刻呈现出来，再次提供给大家共同修改。杨成老师操作电脑，不断激发自己才思，直接修订文本内容。教富斌主任统揽整本教材，针对栏目及现存细小问题，带领大家逐一攻破难关。编写中间，周伟社长从北京赶到成都，看望全体编委，大家倍受鼓舞。

《美术鉴赏》之建筑艺术单元页

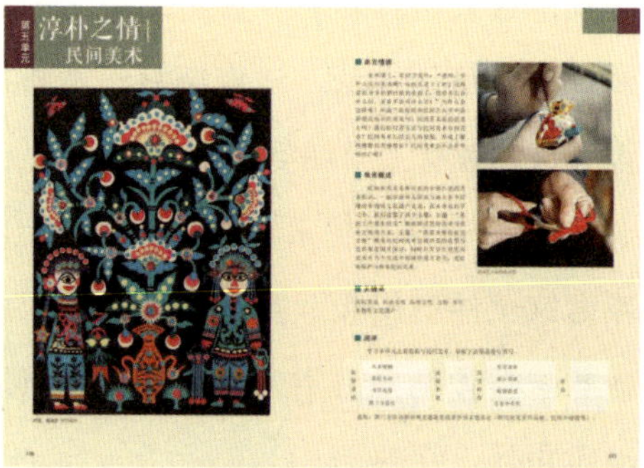

《美术鉴赏》之民间美术单元页

当《美术鉴赏》教材在教育部送审时一次通过，当 2021 年《美术鉴赏》荣获教育部国家教材奖的喜讯传来，几年来所有的辛苦和实践研究都化作自己继续奋斗的力量。感谢人美社给了我为全国高中学生美育素养提升做出自己微薄贡献的机会，我特别珍惜几年来在《美术鉴赏》教材编写、教学实践、教材推进中自己思想、身心得以不断进步的生命历程。我与人美社的故事，虽然留存在历史的记忆里，但新的征程又在面前……

李力加　浙江师范大学美术学院教授，基础美术教育研究中心主任

《中国艺术》伴我行

◎ 陶治强

自工作以来，我从事文物考古与研究已过13个春秋，期间我阅览了不少期刊，有文物、文化和艺术方面的，也撰写了一些文章发表于不同的期刊上。从期刊发展的历史角度看，我觉得今天的期刊在封面设计、纸张选用、美术设计、目录编排、文章的质量都较过去有了巨大的飞跃。在这些期刊中，就有一本非常不错的期刊《中国艺术》，她创刊于1985年，双月刊，定位为“一本有文化意味的设计研究杂志”，专注于设计研究、设计批评和工艺美术三大板块，设有研究、观点、工艺等栏目，将设计与人文精神紧密相连，呈现一本可研、可读、可品的设计杂志。追根溯“缘”《中国艺术》，不禁心有所动，其中的奥妙不仅在于其外观的华丽，还有它雅俗共赏的艺术作品。东晋陶潜《与子俨等疏》曰：“开卷有得，便欣然忘食。”为此，我常把这本“良师益友”置于桌案，每天翻翻，品味经典。

我与《中国艺术》结缘，缘于四篇文章，缘于一个电话。记得是2020年的6月，一天上午，我正在办公室撰写研究论文，手机突然响了，我看电话是北京那边打来的，忐忑地接听了电话。电话那头一个女士轻声问：“你是陶治强吗？我是《中国艺术》的编辑，你的一篇文章《基于传统文化融合下的安徽东晋玉器考察》被我刊录用了，而且很快将在8月份发表。”得此消息，我心情有点激动，欣喜不已，说声谢谢，记下了编辑的手机号码。在接下来的日子里，我与《中国艺术》的联系日益密切了，也从中领略到了《中国艺术》编辑老师的工作热情和严谨认真。时至今日，我在《中国艺术》共发表了两篇文章，篇名分别是《安徽东晋玉器考察——以马鞍山市当涂县青山M23为例》《寿州窑瓷器装饰艺术初探》，每一篇文章在印刷之前，都要经过查重、文章内容修改、出版前再审查等核查环节，以保证符合出版要求。编辑部同

《中国艺术》封面及封底

志一丝不苟的韧劲和一颗严谨细致的心，给我留下了深刻的印象。

《中国艺术》杂志立足艺术学科，关注社会民生，贴近百姓生活，吸收的研究成果很多是关于民风民俗、社会生活的，这是给我的第二个深刻印象。其内容涵盖传统民居建筑、工艺、美术、书法、雕塑、摄影、器物学、服务设计、服装设计等多学科多领域，涉猎宽泛，雅俗共赏，视角独到，语言犀利，我深受启发。2021 年第一期《中国艺术》发表了钟一平的文章《最不舒服的椅子》，文中写到作者近年来多次乘坐高铁一等座的亲身体会，指出现代高铁一等座的椅子大而不当、厚而不实，人坐其中，如同包裹其中，理应十分舒服，但时间稍长，缺陷凸显。人坐其中，腰部、颈部空空如也，没有支撑，要靠脊柱骨骼支持，无法放松休息，时间一长，疲劳之至。另外，座椅可向后倾斜角度大，前方座椅后仰，后方乘客的空间变得十分逼仄，宽厚的靠背也会给人强烈的压抑感。问题出在不实用，不舒服，设计不符合人体工学的基本原则。这篇文章朴实无华，指出了高铁一等座椅设计上的不合理，强调现代设计应简洁、实用、节俭，要能为人民提供更加美好的生活。期刊中关注社会民生的文章特别多，如聂丰雨的《西南山地传统民居建筑设计智慧研究》发表于2021年第一期，黄艳、杨声丹的《市井花园——城市邻里生活与高密度社区公共空间营造》发表于2020年第六期，钟一平的《设计就是创造美好生活》发表于2019年第二期，顾博的《被遗忘的民艺》发表于2019年第二期等。

《中国艺术》在目录编排上，也设计了一些板块，融入了艺术考古学的理论和实践成果。如2018年第七期“聚焦——口述历史”中，收录一篇《国宝营建之路》；2019年第三期“工艺”中，收录一篇《犀皮漆之美》；2019年第四期有 “研究·甲骨文与现代设计”；2019年第二期有“专题——被遗忘的民艺”； 2020年第四期“工艺”中，收录了一篇《安徽东晋玉器考察——以马鞍山市当涂县青山M23为例》；2020年第四期“理论前沿”中，收录一篇《设计学视域下宋刻本版面形制的渊源与流变》；2020年第二期“工艺”中，收录一篇《明清宫廷动物形珐琅器初探》；2021年第一期“个案”中，收录了一篇《寿州窑瓷器装饰艺术初探》，诸如此类，考古与艺术交叉的学术研究成果经常性、普遍性地出现在期刊上，呈现了《中国艺术》兼容并蓄的雅量和海量。这也是吸引我的重要方面，令我印象最美最深刻的地方。

光阴似箭，日月如梭，不觉间《中国艺术》已度过了36个年头，它以丰富的学术成果和颇具特色的文化内涵影响了一代又一代人。春风化雨，润物无声，我相信只要有《中国艺术》伴随前行，我的专业学识会充实许多，我对生活、历史、文化、艺术、人文会有更多、更深刻的感悟。

陶治强　任职于淮南市博物馆

大社 · 凡心

◎ 李雪梅

与人美社的缘分，掐指一算竟然也有整整20年了。时间过得那么快吗？耳边，似乎还停留着北总布胡同32号院子里若有若无的蝉鸣；眼中，仿佛还看到丝丝缕缕的阳光从院子里偌大的紫藤架下斑斑点点地洒落下来……一切都仿佛是昨天，而时间，已经过去了20年吗？

最早接触人美，是千禧之初的2000年，彼时我刚刚迈入而立之年。30岁的教师正是开始慢慢积攒起一点教学经验，学着老教师的样子，沉淀思考、学习发力的时候。很荣幸被选择作为最年轻的一员参与到编写2001版全国美术教材的队伍中来，在常锐伦先生、侯令老师以及老一辈教研员的影响带动下，逐步成长。

彼时真是青涩，站在这个看起来普通得不能再普通的院子里，我不知道它是新中国成立前鼎鼎大名的北平国立艺专的旧址，在这里，曾经留下的是徐悲鸿、齐白石、蒋兆和、叶浅予、李可染、李苦禅等大师授课的身影，也不知道新中国成立后那些新中国美术史上灿若繁星的大家如叶圣陶、张仃、华君武、邵宇、古元、彦涵、王式廓、黄苗子等都曾在这院落里来来往往、谈笑风生，正是他们的作品、他们的书籍滋养着我们这一代学艺之人，当然我也更不可能预见到，就在短短的一年之后，中国的美术教育即将在这个院子里诞生的新美术教材的引领下翻开崭新的、生龙活虎的、令人激动的篇章。

人美社的楼怎么会这么旧呢？走在逼仄幽暗的楼梯上，仿佛要去和地下党接头。编辑室在楼道顶头的大屋子，到处像小山一样堆满了各种书籍、刊物，我甚至怀疑编辑们是否能保证每人有一个独立的书桌，还是角落里的某一个沙发就是某位编辑的战斗场地？但是这样窘迫的办公条件并不会影响编辑们如春风般的工作态度，张桦老师、王振华老师、小教、春立……他们真诚、

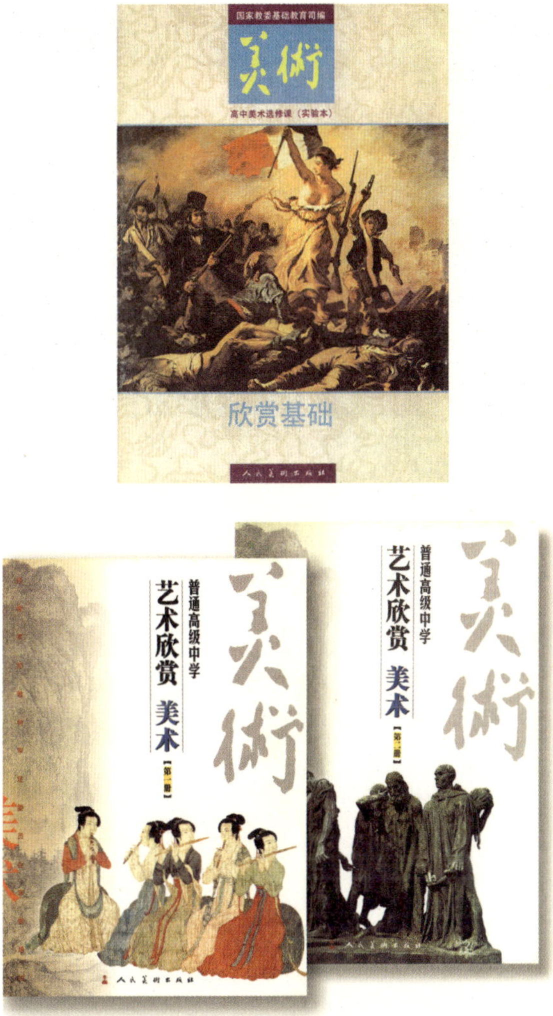

人美第一版高中《美术》教材书影

和善，即便对我这样年轻的教材编写者，也绝不会让人生出丝毫的生疏之感。

那几年编教材的日子过得真是苦：记不清多少个夜里10点、11点，大家还一起对着电脑一个标点一个标点、一句话一句话、一幅图一幅图地修改、调整、替换。现在的工作中，我经常被年轻人吐槽“太过严谨”，我这“严谨”是被这样的老编辑、老主编手把手教会的。还有多少个顶风冒雪的冬夜，

人美版义务教育阶段《美术》教材书影

年轻的编辑挽着手，护送我走出北总布胡同。他们每一个人的身上，都难能可贵地保留着中国文人最温和、最谦逊的态度，最执着甚至执拗的坚守，最质朴的初心。

即便是现在，人美社终于有了华美、大气的新址大楼，有了数不清的宽敞、明亮的办公区域，有了高端、典雅的美术馆，有了温馨的、散发着墨香的品读新书的场地……老一辈编辑退休了，新一代顶梁柱成长起来了，但是人美的底蕴和味道依然没有变，依然是真诚、和善、低调、谦逊，让人如沐春风。

我觉得，人美社始终不像一个“出版社”，因为她始终没有出版社的“商业味”。她不急功、不近利、不张扬，她坦然、坦荡，有一种老派文人的风骨。不知道是不是受了国立艺专气场的影响，总觉得，人美社始终更像一所“学校”，有着所有学校里才能感受到的单纯和情怀，这是非常宝贵的。人美人不仅仅是在编教材，而且也是在培养着骨干老师，深入推进着北京乃至全国各省的美术教育发展和美术教学研究。

李雪梅　北京市海淀区美术、书法学科教研员，北京市特级教师，北京市教育学会美术教育研究会理事，教育部“国培计划”课程专家

美与爱的启蒙

◎ 王程程　李爱荣　刘鑫

我是一名一线幼儿园教师，与人民美术出版社的相识源于一套幼儿美术教材——《美的启蒙》。从 2017 年开始，这本 20 开的小书便每天摊开在我的教案旁，同时也陪伴在园里每个孩子每一天的美术课上。

《3—6 岁儿童学习与发展指南》（以下简称《指南》）中“艺术领域”部分指出：“幼儿领域的学习关键在于充分创造条件和机会，在大自然和社会文化生活中萌发幼儿对美的感受和体验。”《美的启蒙》幼儿美术教材集中国传统节日、人文素养、社会生活、幼儿喜好为一体，是《指南》教育思路的科学体现。通过教材的启发，我们结合幼儿已有的生活经验、所见所闻，在渗透日常教育的同时，引导幼儿运用美术工具材料结合色彩、传统文化、节日、个人喜好进行创造、表现。

幼儿美育年会开幕

《美的启蒙》书影

关于色彩

幼儿经常涂涂画画、粘粘贴贴并且乐在其中，美术作品的创作中当然也离不开色彩、色调的搭配。因此，认识颜色成为美术活动的基础。

教材在关于《认识颜色》中有一段指导语给我的印象很深：“颜色家族中，色彩也有兄弟姐妹。比如深绿、浅绿、嫩绿是兄弟姐妹，每一种颜色都是这样。”这种拟人化的修辞在活动中对于幼儿来说更好理解，便于幼儿把色彩联系在一起。

关于传统文化

除了传统节日的美术教育外，教材中还有人文素养，同时也有与其他领域的教材的结合，例如诗配画《江南》利用诗歌朗诵与颜料画结合的形式引导

幼儿美育年会作品展示

幼儿大胆创造。其中《江南》是孩子们耳熟能详的一首儿歌，对儿歌中的意境也比较熟悉，因此在创作色彩画的时候就更得心应手。

通过这个活动，孩子们对中国画、色彩画更加感兴趣，每天美工区都能够看到孩子们创作色彩画的身影。

关于节日

五月的第二个周日是母亲节，我们在为幼儿开展母亲节教育时，通过参考教材，为幼儿提供丰富多样的美术材料。孩子们的情绪很高涨，都很认真地挑选材料并为妈妈制作礼物。

孩子们大胆想象、大胆创作，有的小朋友选择利用轻黏土捏出水果篮和小花，有的小朋友用不同材质的纸做出了送给妈妈的小红花，也有小朋友用自然物和其他美术材料制作出开在树枝上的花朵。

关于喜好

3 至 4 岁幼儿喜欢观看花草树木、日月星空等大自然中美的事物，在欣赏中关注其色彩、质感、形态等特征。春天，孩子们对植物都非常感兴趣，班级开展了种植活动，将教材中《豆豆的生长日记》的关键点运用到种植活动的记录中，慢慢地，幼儿养成了观察后及时记录的好习惯。我们将孩子们每次观察到的变化按照日期整理成《植物生长日记》，方便了幼儿再次浏览和阅读。

从教学案例中不难看出，人美社将《指南》中的教学方针进行科学梳理，将幼儿美术教育方法进行精心打磨。《美的启蒙》这套教材中的教学思路、创作方法为教师们提供了很好的教学抓手，大量直观形象的作品、照片、图示等为孩子们起到了抛砖引玉的作用，对满足幼儿自主学习、与同伴合作学习、丰富多种艺术感受、拓展主题活动内容等方面，给老师和孩子们带来很多启发和帮助。

人民美术出版社将其 70 年“美育”理念通过《美的启蒙》这部教材润物细无声地滋润在孩子们每天的艺术实践中，渗透进幼儿园全体教师的美术教学思路里，为中国幼儿美术教育提供了宝贵方法，为提升儿童的美育带来了新的教学方式。

王程程　李爱荣　刘鑫　任职于武警部队机关幼儿园

“打磨”教材　打磨人生

◎ 杨庆兴

2014 年春天，我突然接到中国传媒大学刘守安教授的电话，问我有没有时间参加中小学书法教材的编写，我当然欣喜万分，能参加人美版教材编写实属荣幸。2013 年 2 月，教育部制定并印发《中小学书法教育指导纲要》。对于书法教育工作者来说，《指导纲要》为推进书法教育，传承中华民族优秀文化指明了方向。

到了北京我才知道，参与本次教材编写的专家有 10 余人，分别来自全国不同的地方。编写工作在刘守安教授的具体指导下展开，人民美术出版社的编辑工作具体牵头人是教材编辑中心编辑部主任张百军博士。

关于中小学书法教材的编写，参与的专家几乎都没有这方面的经验，因为

集字练习

集字练习：文明

本节课，我们从欧阳询《九成宫醴泉铭》中集出“文明”两个字，进行集字练习。

内容简介

“文明”通常是指文化，有时形容社会发展到较高文化阶段（跟“野蛮”相对）。作为未来的建设者，我们平时要说文明的话，做文明的事，改掉一切不文明的习惯，为营造文明社会贡献自己的力量。

书写提示

1. “文”字点比较粗；横比较细，左低右高；撇、捺比较长，向左右伸展。

小提示：

将纸横放，从右往左写“文明”两字，每个字对应一个格子，注意字在格子中的位置和大小，两个字要平稳，大小、粗细差别不宜过大。

书法练习指导　三年级　下册

学习建议

在集字练习的时候，我们要选择内容积极向上、文辞优美的词句，同时要了解和掌握词句的内容。

《书法》教材内文

全国范围内尚没有统一规范的中小学书法教材可供参考，也就是说我们必须在深刻理解教育部《中小学书法教育指导纲要》精神的基础上，开发出一套适合中小学书法教育的通用教材，难度之大可想而知。第一次编写会议，编辑就从“技能、文化、审美和创新”四个维度给我们分享了教材编写的经验，要求在兼顾可读性、持续性的基础上高效开展工作，具体编写过程则采取集中讨论、分工合作、整体“打磨”的工作方式进行。

对每一个编写任务和知识点都要进行集体讨论，大家各抒己见，尽管有时也会为一个小问题争论得面红耳赤，但最终都要达成共识，拿出可行的实施方案。一年来，几乎每月都要到人民美术出版社集中一次，先汇报自己在编写过程中板块设置逻辑、知识点展示方式和编辑过程中遇到的各种问题，交由大家集体讨论，群策群力。现在想来，每一次相聚、每一次讨论，都是智慧的碰撞、方法的交融、理论的升华。分工合作，每一册都安排有执行主编，在大家讨论的基础上具体负责本册的编写任务，其他编委协助和补充，既能保持连续性，又能确保丰富性和正确性。其实，在不知不觉中锻炼了自己的

《书法练习指导》书影

项目合作意识，也为后来的科研团队建设积累了非常丰富的经验。整体“打磨”，就是在编写的整个过程中，所有编委针对每个板块、每个知识点、每个细节都要进行三番五次的研讨、润色、雕琢，力争不留任何瑕疵。那时我们的口号是“宁可多费三天时间，决不留下任何遗憾”。经过一年的努力，在不断“打磨”中，人民美术出版社中小学书法教育系列教材——《书法练习指导》《书法练习指导教学用书》终于赶在 2015 年 9 月份开学前脱颖而出。它的面世，填补了之前优秀书法教材匮乏的空白，跻身教育部审定全国通用教材系列。

这里，我用了“打磨”一词，就是想说明人民美术出版社在教材编写上的“工匠”精神和认真态度。正是无数次的“打磨”，才最终呈现出师生满意的作品。教材投入使用后受到普遍欢迎，并在 2021 年“全国首届教材建设奖”评选中被评为“全国优秀教材”。

通过教材编写，我也逐渐领悟了“打磨”的道理，打磨讲台上的每一句话、打磨每一节课、打磨每一篇学术论文、打磨每一项研究报告、打磨每一本著作，就是在打磨自己的人生……围绕“中小学书法进课堂”这一主题，我打磨了系列论文，并入选“首届全国高等书法教育论坛”和“第二届全国高等书法教育论坛”优秀论文。围绕洛阳出土墓志书法，我打磨了 30 余篇论文，两次获得省社科优秀成果奖，多次参与全国性学术交流，获批多项科研项目……

总之，邂逅人民美术出版社，让我体验了“打磨”的道理和意义：时时提醒我，凡是教给学生的，就得是经过“打磨”的最正确、最科学的知识；时时鞭策我，只有认真“打磨”一撇一画，才能做一名合格的新时代文艺工作者；时时鼓励我，一定要努力把自己“打磨”成一名学生喜爱的合格教师；时时激励我，只有不忘“打磨”自己，才能真正传递新时代、新征程、新作为的信念和力量！

杨庆兴　洛阳师范学院美术学院副院长、教授，中国书法家协会会员

大美永恒

◎范 功

欣逢人民美术出版社建社 70 周年，回望她的风雨来路与灿烂今朝，我将感慨与祝福凝成一首《好事近》奉上：

萧竹傲飞霜，梅落暗香盈牖。目送远鸿峰上，叹白云苍狗。
七十风雨铸辉煌，一笑付樽酒。醉里墨翻慷慨，写大河奔流。

我的这份感慨，源自童年的美好记忆。记忆里由人美社出版的一册册精彩纷呈的连环画，犹如秋天的红叶，成为我飘飞在风中的成长记录。

20 世纪 80 年代，我还在上小学。那时候，农村家庭多数都很清贫，长辈都没有上过几年学，家里自然也没有几本书。我记得镇上新华书店的旁边，有一个姓赵的爷爷，家里藏了不少图书，有一多半是连环画。平时他就摆个书架让孩子们放学后来阅读，只收一丁点儿的费用。那时摆摊卖连环画的生意很好，以此为生的摊点，连环画都是一本本半重叠地摆放在木架上。天热的时候，摊主会用竹竿搭个凉棚，遮阳挡雨。摊位前摆上十几个小窄凳，前来的孩子们便聚精会神地坐在上面津津有味地翻看。价钱多是一分钱一本，页数厚的二分钱一本，也有调皮的孩子二三人合伙凑在一起看一本，边看便说，真是其乐无穷。镇上连环画的摊位成了我们放学后的乐土，在那里我看了不少有趣的连环画，后来才知道这些连环画多数是由人民美术出版社出版的。在我少年的心里，就对人民美术出版社充满了神秘的向往和莫名的感激。

印象比较深的连环画首先是刘继卣的《大闹天宫》。《大闹天宫》是用工笔重彩画的。中国传统的工笔重彩画法，画家要有过硬的线描、造型、设色的基本功。连环画里孙大圣的每一片盔甲、每一朵云彩、每一撮猴毛都刻画得非常细致。此外还有戴敦邦的《水浒故事》和《红楼梦故事》。他的创作犹似闲云野鹤，无拘无束，人物个个画得栩栩如生、活灵活现。还有一些戏曲类的连环画，比如王叔晖的《西厢记》、任率英的《劈山救母》、范灵的《小过年》、宗静风的《拜月记》等，这些小人书在我面前打开了一幅幅传神的生动图景。它们的图文并茂，让我也梦想和渴望自己有一双巧手可以描绘这样感人的画面，有一颗文心可以像他们那样言简意赅。

这些人美社出版的连环画带给我的成长受益，概括有二。

美术素养的涵育

我自小喜欢看书，儿时的我就是这些连环画摊的常客。父亲见我喜欢看连环画，有时去外乡办事，也会给我买上两本新到货的连环画，写上我的名字，作为礼物送给我。我便一本本积攒起来，上中学前已经是高高的两摞，足有50多本。在那个年纪，看连环画最喜欢的是图画，文字还在其后，对绘画的喜欢慢慢地从欣赏转为临摹，逐渐变成了一种爱好，直到20多年后从事美术教学的工作。

回想一下过去的历史课本，书中的插图常常引用的是那种黑白线条画像。从历代帝王到艺术名家，人物画像全都是一副模样。唐代阎立本依照想象作《历代帝王图》，彼此的面貌辨识度也不高。往后的历代仕女画，也基本上只是一种对服饰和生活场景的展示。然而连环画给我们打开的却是不一样的绘画世界。一册在手，至少涉及上百人，但每个人的面貌特征都刻画得非常细腻，彼此有明确的区别，重复出现的人物不用看文字也能轻易辨认出来。由此看来，连环画艺术还参与创造了一种国人对历史人物身份辨认的独特价值。在对历史人物的认知折射到对现实的认知发展过程中，会逐渐树立起学习者自身的个体意识，连环画的这种价值增强了它的社会功能。尽管连环画的内容是经过简化的故事，但由于图画拉近了创作者与读者之间的距离，读者对其真实性的认同甚至会高于纯文字的原著。

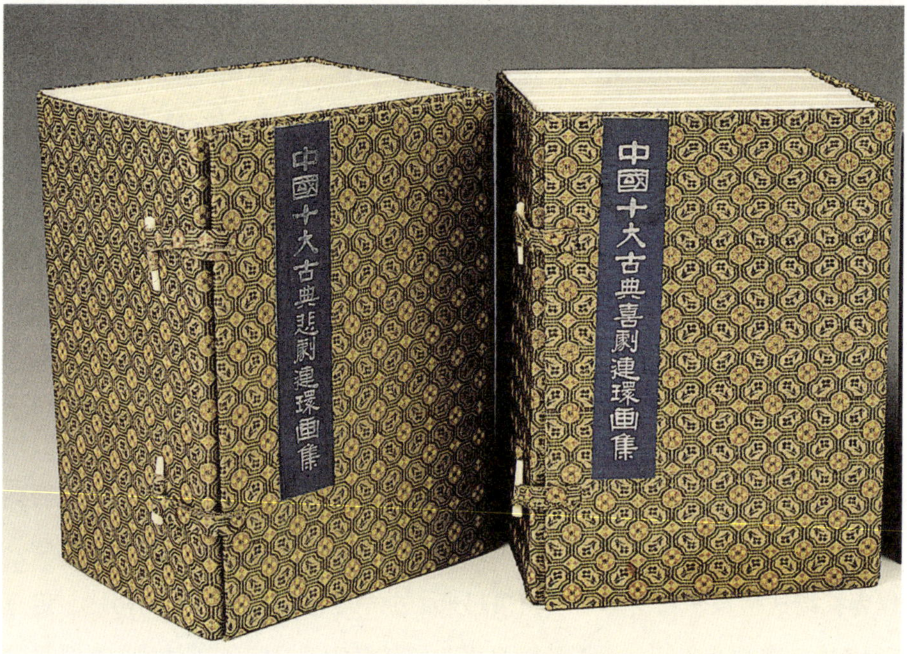

大型连环画册《中国十大古典悲剧连环画集》《中国十大古典喜剧连环画集》书影

这种亲切的记忆让我一想到少年的快乐时光，就想到人美社出版的这些连环画。很多英雄人物的感人故事、很多地方的风土人情就在阅读连环画的过程中烙印在我的心中。少年时阅读连环画的爱好也训练了我对色彩和造型的敏锐感觉，对后来的绘画创作帮助很大。

文学写作的启蒙

阅读连环画的另一个收益就是对我写作本领的启蒙。形象思维是人的本能，而中国人受这一本能影响尤甚。我国的文字是象形文字，往往一个音节就包含一个图像，语言特点加强了人们对理解事物时的图像偏好。连环画带给我的正是这种文字和图画的相得益彰。

上小学四年级的时候，我在镇上的新华书店购买了人民美术出版社 1983 年出版的连环画《拿破仑传》。连环画的文字非常简洁生动，只言片语就把事情交代得清清楚楚。还有《三国演义》《水浒传》和《红岩》等连环画更是这样。一本本由名著改编的连环画，让我一次次获得身临其境的阅读体验，一遍遍地感受到语言文字的力量和才情，潜移默化地提高了我的写作能力。小学五年级时，我的作文在全国中小学生作文大赛中获得优胜奖，这对于身处大山深处的一个农村小学生来说，是一个莫大的鼓励，激发了我成为作家的梦想。细想起来，还真要归功于那些几乎要翻烂的一本本人美社连环画。

鲁迅先生多次谈到连环画应该是为人民大众服务的艺术。连环画从诞生到发展为一种广泛流行于社会的文艺读物，通俗易懂是它的一大特点。那个年代我国的连环画工作者正是坚持了为人民群众和少年儿童服务的方向，力求通俗简朴，这也是人民美术出版社一直坚守的主要出版方向。

长期以来，人美社的连环画工作者们由于注重了通俗性，努力把大量长篇巨著编绘成通俗易懂的普及读物，把原著深奥的内容变得浅显易懂，使之易于被少年儿童和文化水平较低的读者接受。这些连环画尤其是根据中国古典文学名著或世界文学名著改编的作品，就天然地成了像我这样的农村孩子当年的文学启蒙。

岁月流美，术以载道。质高声远，大美永恒。

70 年辉煌之路，人民美术出版社以其一流的美术书刊，打造出了我国专业美术出版社的良好声誉，也深刻地影响着我国美术创作和美术教育事业的发展进程。美的艺术是记录人生的重要方式，美术出版之于民族复兴，亦是我们这个时代传播文化薪火的津梁。大任担当，使命不负，也将是人民美术出版社未来的孜孜所求。作为一名受益颇多的读者，我唯有用这段感恩的文字送上我的真挚祝福！

范功　四川美术学院副教授、硕士研究生导师

第四章 嘤鸣

层累的“历史”

——我与人美社的“三段式恋情”

◎ 耿 朔

我从小就是人民美术出版社的读者，现在成了这家出版社的作者。

对于20世纪80年代出生的人来说，虽然在上高中以前，四大名著等历史文学题材的电视剧已经相当风靡，但在我的记忆里，最初接触历史知识的途径和上一代人差不多，也是看各种历史题材的小人书。人民美术出版社的《水浒传》有30册，另一部是《说岳全传》，有15册。这两套书的好多封面和内页画面，我可以说都烂熟于心，《水浒传》中的那本《三打祝家庄》已经翻到散架，封面上小李广花荣跨在马上、弯弓搭箭的姿态，很长时间里是我心目中英雄好汉的标准形象。

我在大学期间，开始有了书的版本意识，才注意到自己买的专业书中有不少出自人民美术出版社。我学的是考古专业，同时对美术史很有兴趣，因此所读的书籍中涉及文物考古、物质文化和美术类的比较多。人美社的出版物中，我使用过教材，看过画册，也读过不少当代学者的专著。

对我帮助最大的是两套大部头：一是《中国美术全集》，这是由人美社领衔，联合其他四家出版单位，约请200余位专家学者和多位摄影师编纂而成，历经6年，于1989年出版，总计60卷。每本都很厚很沉，内容更是丰富多彩，我常去图书馆借阅，有时是为查找某一类型美术作品的资料，有时是在看其他专业书休息的间隙随便翻翻，也会得到美的享受。另一套是我的案头书《中国美术论著丛刊》，朴素的单色封面，清爽的繁体竖排，汇集了多部六朝以来绘画和书法领域的重要文献，经过了卢光照、黄苗子等名家校注编辑，是这方面史料的大合集。我使用最多的则是《历代名画记》。这些阅读经历对我建立自己有关美术史的系统性知识起到很大作用，正如《历代名画集》套

“人美学术文库”系列丛书书影

书再版序言中所说：“中国古代画学文献不只具有记载、叙述和解释艺术作品、艺术家和艺术规律的作用，还为我们提供了相应的历史观和方法论，提出了相关的概念和范畴，有着完备的体系，也就具有了相对独立的理论价值。”

人生总有意外的际遇，虽然我没有走上学习美术的道路，但在毕业以后却进入中央美术学院人文学院工作，主要从事美术考古领域的教学与研究，开始有机会与人民美术出版社直接接触。2019 年初，毕业于中央美术学院美术史论专业的人美社编辑吕寰女士找到我，告知人美社正在大力发展学术出版，问我是否有合适的选题。我那时正好完成了一项针对“竹林七贤与荣启期”题材为代表的南朝拼砌砖画的研究，它们既是中古考古的重大发现，也是南朝艺术真迹，只要我们随手翻开一本中国考古学或艺术史教材，几乎都能看到作为插图的砖画——这两个学科的学生最为熟悉的中国早期艺术作品之一，而我正是从自己的学术背景出发，做一次综合运用这两个学科研究方法的尝试。吕寰编辑听了我的介绍后，表示很感兴趣，在向部门领导进行汇报后，邀请我抽时间到社谈合作事宜。

新年之后，我第一次造访人美社，去的当然不是老址北总布胡同 32 号，而是东三环边的新大楼里。在吕寰编辑引荐下，我见到了人美社学术出版中心的教富斌主任，他告诉我这个中心是新成立的，为了系统反映中国现当代艺术理论的最新发展和成果，准备推出一套名为“人美学术文库”的丛书，选题以

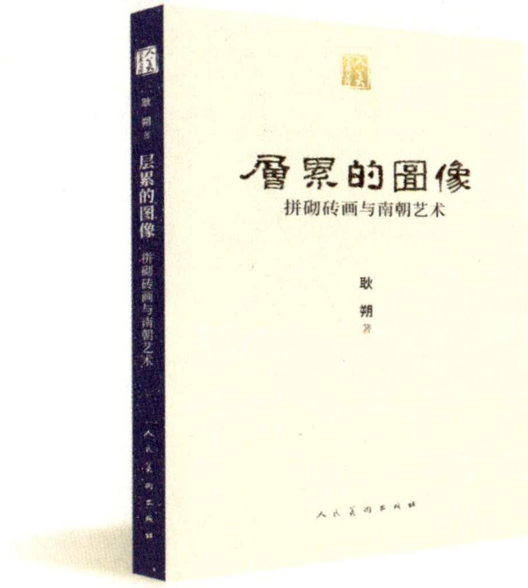

《层累的图像——拼砌砖画与南朝艺术》书影

高端、前沿和厚重为主要特点，内容涉及美术学和设计学两大学科的学术研究，不同类型的专著会在书籍装帧设计上加以区别。教主任说，这套书不仅包括许多知名艺术理论家的代表作，也特别考虑邀请一些中青年学者加盟，以出版能够体现新材料、新发现、新视角的新锐力作。他认为我对南朝砖画的这项探索属于美术考古领域的创新成果，符合“人美学术文库”的定位，希望我能抓紧时间写完书稿，列入文库最早的一批选题，尽快出版。

这是对学界新人难得的礼遇。

在愉快接受邀请之后，我用了半年时间完善了书稿，接着就进入编辑阶段，通过编辑的高质量工作，《层累的图像——拼砌砖画与南朝艺术》一书终于在2020年夏天顺利出版。据我所知，这是“人美学术文库”推出的第二本著作，也是我的第一本专著。我从人美社的一名读者由此变成了作者。

在图书编辑出版过程中，有一个细节值得一说。封面上“层累的图像”五个字，采用的是汉碑体，后面四个字直接取自碑帖，但“层”字在汉代写作“曾”，

人民美术出版社出版的学术类图书

迄今没有在汉碑中发现写成“层”的例子，可如果封面上出现“曾”，不熟悉古文的读者可能会产生误解，所以教主任和我讨论再三，在参考《说文解字》中的金文写法以及后来的隶书写法后，决定选用清代书家书写的一个“層”字。我想，在秉承学术严谨态度的同时，也予以合理的发挥空间，这正反映了人美社对读者和作者两方面的尊重。

以上文字，简略回忆了我从儿时到今日与人美社发生的“三段式恋情”。我相信，与人美社的故事，还会继续下去。

耿朔　中央美术学院副教授

值得坚守的出版精神

◎ 马啸天

我对人美社最早的印象来自父亲收藏的两卷本《中国古代画论类编》，懵懂间只记得封面上跃动的竹影和篆有“人民美术”的淡淡印记。当我真正走进学术的殿堂，真正苦苦探寻自渡的无上宝筏时，我才慢慢了解到“人民美术”这四个字那沉甸甸的分量。

人民美术出版社对在美术史论研究领域初出茅庐的我来说，无疑是高不可攀的，因此我在拿到第一份《中国美术》的样刊时，内心充满了激动与难以置信。从投稿到审核修改再到最终见刊，《中国美术》编辑部用非凡的效率、严谨的学术精神和包容的态度向我生动地阐释了什么叫作 70 载的精神传承、什么叫作人美社对于文化事业的尊重与敬畏，也让我体会了师祖俞剑华先生将手稿托付于人民美术出版社时的释然与信任。当然，这种信任是源自人民美术出版社在美术研究领域的卓越学术视野和影响力，也正是这种独特的力量让我在博士考试面试时处变不惊，最终得以迈入中国艺术研究院的大门。可以说，如果没有人民美术出版社与《中国美术》对青年学者的肯定和重视，没有他们提携学子、尊重学术的可贵态度，

《中国美术》书影

《中国美术》封面及封底

不知将有多少有价值的研究成果湮没于历史的长河，更弗论我这个无名的后学者。

王朝闻先生在给《文化娱乐》写纪念词时曾经提出过：“读者的需要和兴趣的矛盾不可避免，人人叫好的刊物不可能出现。”所评虽并非专业的美术类杂志，但却说明了这样一个问题：不论是创办刊物还是美术出版，其本身的矛盾性是一直存在的。就人民美术出版社与《中国美术》的现状而言，这种矛盾一方面体现在杂志和书刊本身的趣味性与学术性的平衡之上，另一方面则体现在二者所遵循的学术、出版宗旨与美术研究、出版领域不正之风的激烈斗争之上。正如王先生所说的“人人叫好的刊物不可能出现”，但究竟要让谁叫好、要对谁负责却是一个必须慎重考虑的重要问题。我想，人民美术出版社之所以要将“人民”摆在第一位，《中国美术》之所以要将“中国”放在一切的中心，想必比我更能深刻地理解到美术事业与广大人民群众、与中国文化那不可割舍的联系。

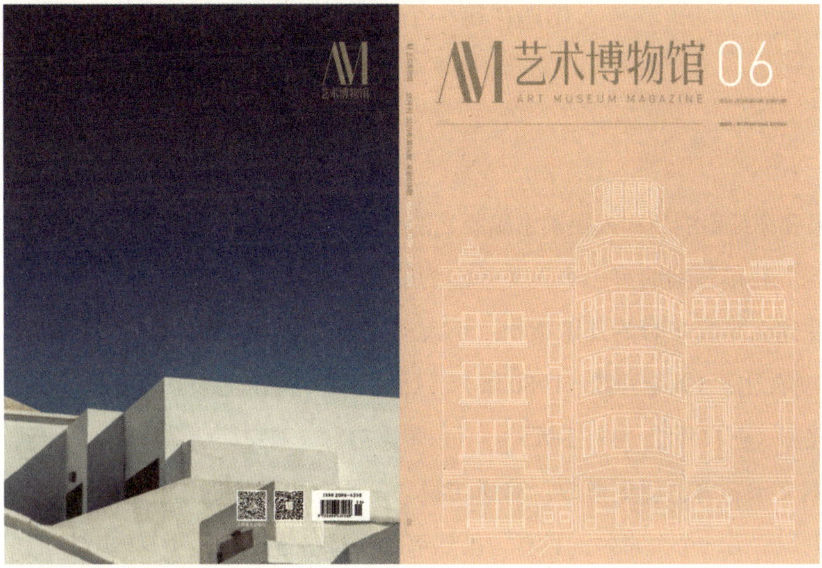

《艺术博物馆》封面及封底

纵观世界历史，我们不能不承认美术事业的发展始终和一个国家与民族的兴旺发达息息相关。不论是《中国古代画论类编》《中国美术全集》，还是张彦远的《历代名画记》、郭若虚的《图画见闻志》、汤垕的《画鉴》，抑或是浩如烟海的名家画集、东西方美术理论、技法名著，人民美术出版社以自己独特的叙事方式娓娓传唱着中国美术事业的动人史诗。毫不夸张地说，人民美术出版社就是中国与中华民族美术事业发展链条上的重要一环，而《中国美术》则又是这一环中颇为朴实与坚定的一部分。

作为一个人民美术出版社 70 年风雨兼程的受益者，同时也作为一名《美术之友》《中国美术》杂志的忠实读者，我发自内心地愿意为人美社和《中国美术》叫一声好，并送上诚挚的生日祝福。希望你们能够出版更多能让广大美术研究者和爱好者受益的刊物，能够支持更多奋战于美术研究一线的年轻学者，能够将人民美术出版社、《中国美术》的宝贵出版精神坚持到底。

马啸天　中国艺术研究院博士研究生

相遇在每一个时节

◎ 陈　南

如果要细细追溯我和人民美术出版社的缘分，那么可能要回首到六七岁的稚龄时光。我接触到的第一本人美社出的书，大抵是姐姐的连环画。那时候还没现在这么丰富多彩的儿童读物，小人书就是我童年时光里最钟爱的书籍了。《东郭先生》（刘继卣绘，1980版）、《满江红》（墨浪绘，1980版）、《孔雀东南飞》（王叔晖绘，1981版）、《东陵盗宝》（刘宜等绘，1985版）等，这些根据文学名著、历史典故、演绎传说、外国轶事改编的连环画，曾在我的脑海里勾勒出一个个奇妙的世界。虽然那时候看这些故事，大多一知半解，图个热闹，但它毋庸置疑是我最初的文化启蒙之一。

学生时代用的美术教材多数也是人美版的。在此之前，学习过的教材是不是人美版的，我并不能确定，直到母亲翻出尘封在地下室的课本之后，才确信人美社真的伴随我走过整个成长之路。那时候上美术课，一周只有一节，课本里到底有些什么内容，其实早已差不多忘记了，但却记得上课时总是很开心，总是能感受到许多奇妙多姿、变化新颖的东西。隐约记得课上曾学习过扎染，还亲自动手尝试了这种工艺，在笨手笨脚地完成一件作品后，意外地发现那种色晕纹理十分美丽，同时也感受到了创造美是一件如此快乐的事情。

大学时开始学习中国画，那时大家人手一套《芥子园画传》，最常见也最经典的便是人美社的版本。这一版选用的是光绪十三年（1887）巢勋临摹版本的影印本，大16开本，全黑白版。画谱图文并茂，化繁杂于浅显易懂。据查，这套《芥子园画传》在1960年便首次出版，1985年刊印第二版，我购买的时候，已然是第三版了。这一版橙红色的封面，设计简洁而大方，至今都给我留下深刻的印象。作为学习中国画必临的古代画谱之一，《芥子园画传》好像初入武林时得到的武功秘籍，掌握了它才算入门。山水、梅兰竹菊、花卉翎毛、

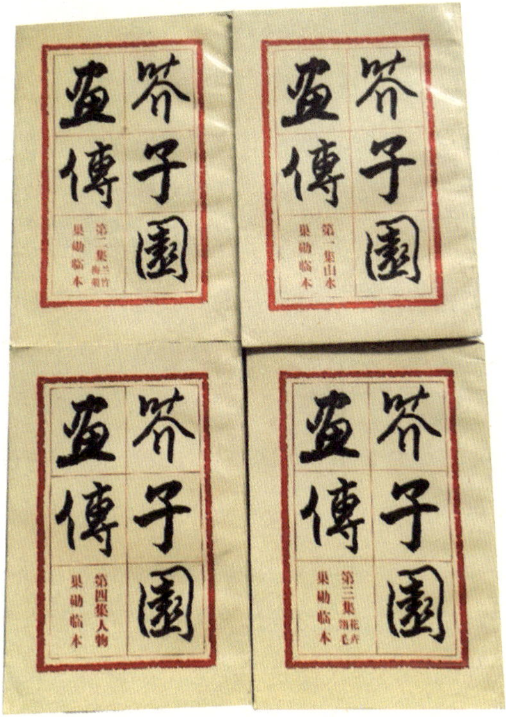

《芥子园画传》书影

人物，一册接一册地临摹下来，引导着我掌握了写形、构图等基本技法。

《芥子园画传》的价格十分平实，学生购买并没有什么压力，但《中国历代名画集》《中国美术全集》《中国近现代名家画集》《外国美术选集》这类大部头的精美图录，学生往往是很难负担得起的，好在校图书馆总是有的。成套的书籍像屹立在时间的汪洋人海中的灯塔，总是能照亮美术史的每个角落，让人有机会可以窥得那些或尘封或消逝了的艺术珍宝。

随着年龄的增长，我从一个单纯的读者，开始叠加上了作者的身份。我曾有幸跟随我的硕士生导师吴明娣先生参与了《中国工艺美术全集·北京卷·织毯·刺绣篇》的编撰工作，如今这本书交由人美社出版。在全程参与了出版流程之后，我发现一本书想要走到读者面前，大概也需要历经九九八十一道关卡，方能修成正果。出版的过程漫长而细致，三审三校的流程中，编辑认真且负责，加之书稿有着较强的专业性，这更增加了编辑的工作难度。为了完善、编辑、修改稿件中存在的失误、纰漏，这本书的责编做了大量功课，将稿件中存疑之处一一同作者核实。从正文到注释，从行文到规范，编辑确实把控到了每一个细节。值得一提的是，书的附录里有部分表格类的统计数据，资料来源是北京市档案馆的老档案，但是编辑并没有放过这些陈旧的数据，而是一一进行核算，对学术的严谨令人叹服。我想这也是人美社在国内外享有极高声望的原因。

对比图书编辑，我发现期刊编辑似乎在选题、审稿方面更加谨慎，长久的维护、兼顾一本期刊的学术价值和可读性，实在不是一件简单的事。但人美社的编辑对自己所负责的书籍或期刊有着更高层次的追求与期待。我在《中国艺术》和《美育》两本期刊上发表过多篇论文，选题皆围绕工艺美术，而《中国艺术》所关注的一大板块便是“工艺”。诚然，国内工艺美术理论研究向来薄弱，关注于此的学术期刊也相对较少，但工艺美术作为实用美术，与人民生活息息相关，更是与人文精神紧密相连，《中国艺术》着眼于此处，是一种“学术引领”，它提供了工艺美术理论研究的平台。

人民美术出版社是新中国第一家专业美术出版机构，行至今日，已走过70 载岁月。在撰写此文之前，我未曾发现我与人美社之间的故事竟可以从总角之时说起。人美社伴随着一代代儿童的成长，在社会美育普及方面做出了极大贡献。人美社在美术相关研究领域不断深化细化，服务于读者的学术和著作需求，知识和阅读需求，引领中国美术发展潮流，我想，人民美术出版社，冠以人民之名，也真正无愧于人民。

陈南　任职于北京工美艺术研究院

“新麦田”带来的缘分

◎ 李澎霖

在儿时的记忆中，对人民美术出版社最初的印象来自一套20余本的连环画集《西汉演义》。其中印象最为深刻的是精美的连环画，极其生动。当时年纪尚小的自己还尝试用铅笔去临摹其中经典的画面，可能这就是最初的绘画启蒙吧！其后还有《水浒传》《三国演义》等连环画也伴随着我的成长。

大学期间，《艺术人体解剖》《中国美术史》等教科书伴随了我四年的学习。自2007年毕业后留在高校任教，人民美术出版社的《素描教学》《色彩教学》《艺术人体解剖》等也是我作为油画专业教师每学期必选订的教材：一方面是教材内容丰富，具有权威性；另一方面油画专业对书籍画册印刷质量要求较高，是学生学习的必选，也成为教师教学的好帮手，无论是教或是学，均是不二选择。

与人民美术出版社真正产生交集是在2018年4月，人美社主办了“新麦田”计划——第一届人美油画大展。经过先期投稿海选，从初评到终评，我的作品《查干淖尔——冬捕》非常荣幸地获得了本次油画大展的金奖。“新麦田”计划油画大展旨在发现发掘一批活跃在当今中国油画创作领域的青年画家，为他们提供一个继承传统、探索创新、追求梦想的舞台。同时，通过此次展览，人民美术出版社也鼓励中青年画家为国家文化发展服务，为人民创作，描绘中国新时代的风貌，弘扬中国文化，讲好中国故事。作为“新麦田”油画大展的获奖者，我作品的创作正是遵循了人美社倡导的上述理念。作品描绘了查干湖冬捕渔民收获时的场景，在有数百年历史的查干湖冬捕遗存中，蕴含着蒙古族、满族、汉族等多民族文化、宗教、习俗。在新时代的环境中，东北查干湖渔民不畏严寒，向往幸福生活，在寒冬腊月中从事冬捕活动。我将这些内容协调组合，尽可能在油画作品中将之展现出来，即所谓“油画中

《油画》封面及封底

的人性表达”。

获奖后，人民美术出版社《油画》杂志编辑部约我写一篇文章，要我详细阐述油画《查干淖尔——冬捕》的创作过程。这也是第一次与人美社《油画》杂志的结缘。正是在这个契机下，《油画中的人性表达——谈〈查干淖尔——冬捕〉的创作过程》发表于2019年第1期，文章的撰写可以说是我的创作选题“中国当代油画的人性表达”的一次从实践到理论的深化。在初稿撰写后，《油画》杂志编辑部专门为此安排了编辑老师对文章进行认真编辑，从基本的文字校对到逻辑梳理，再到行文润色和插图选择，最后到页面排版，从中我也学习到了写作经验。例如要把创作实践进行文字转换时，绝不是一个简单的过程，不仅要将创作动因、创作过程、创作目的等用学术语言表述出来，还要与学术论文加以区分，既不能完全地学术化，也不能简单地描述，需要一定的撰写技巧。此篇文章的发表，也是对自己创作选题、创作心路的一个总结和反思。

不久，《油画》杂志编辑部又再次约稿，于《油画》2019年第3期“画与学”的栏目中发表了《现实主义油画创作过程详解——以〈查干湖冬捕——收获〉为例》。该篇文章以我主持的国家艺术基金2016年度青年艺术创作人才资助项目为蓝本形成，主要分为五个部分，分别是创作背景介绍、采风阶段、构图阶段、正稿阶段、画面深入阶段、调整与收尾阶段，分阶段阐述了《查干湖冬捕——收获》的创作过程与创作中的所思所想，较完整地表述了现实主义油画创作的全过程。如同之前一样，编辑部依然安排了一位责任编辑开展编辑工作。编辑老师在熟悉文章内容后，又多次与我进行了创作技巧和创作思想上的交流，针对《油画》杂志“画与学”栏目的特点，在后期排版中进行了细致入微的安排，将文章、图片按照五个部分进行排版，最大限度地展现了文字、图片的关联度和一致性。文章在杂志发行后和微信公众号的推广中更是受到广大读者、师友们的好评。在此也感谢《油画》杂志提供的学术平台，以及编辑部的编辑老师们的专业精神和认真负责的工作态度。

人民美术出版社的连环画、图书从孩提时代就伴随着我的成长，从懵懂的爱画画的少年一直到如今的油画创作、理论研究和教学，给予我的肯定与支持已经成为我人生宝贵的精神财富。因此，衷心地祝福人民美术出版社70周岁华诞，也祝愿《油画》杂志能越办越好，勇攀高峰。

李澎霖　中国美术家协会会员，秦皇岛市美术家协会副主席

我与人美社的两次“交往”

◎杨　琼

我们这代人，不管是识字的还是不识字的，几乎都看过“小人书（连环画）”，“小人书”可以说是我们这代人的启蒙读物。

我出生在农村，父母是老实巴交的农民，父亲只上到初一就辍学了，祖上虽然也有念过书的人，但家里除了一套《毛主席语录》之外，并没有其他藏书。我依然清晰地记得，小时候村里有人摆书摊，看一本一分钱，厚的二分钱；我有时候缠着父母给钱，更多时候是自己捡废品卖钱。那几年，看了多少“小人书”，已不记得，但可以肯定的是，在小学毕业之前，我一直都喜欢看。除了玩耍，最吸引我的莫过于看“小人书”了，《水浒传》《三国演义》《西游记》，还有《杨家将》《七侠五义》《五鼠闹东京》《武林志》《武当》《铁道游击队》《洪湖赤卫队》《敌后武工队》《南征北战》《解放石家庄》《上甘岭》……可以列出一串长长的“书单”。这些“小人书”来自人民美术出版社或连环画出版社。

《铁道游击队》封面

因为“小人书”，

我记住了赵宏本、陈光溢、赵三岛、徐宏达、刘继卣、丁世弼等一批连环画家的名字。可以肯定地说，我对“小人书”是有特殊的感情的，不是因为“小人书”的艺术成就与收藏价值，而是因为它是我童年快乐生活的重要组成部分，是生命中挥之不去的记忆。不知不觉中，“小人书”已经在我幼小的心灵里种下了“美育”的种子，似乎冥冥之中早已注定我要从事连环画艺术创作和艺术批评。说“小人书”是我接受识字教育前的启蒙老师，一点也不为过，这可以说是我与人美社的第一次交往。

十年前，我对文学创作和学术研究的态度发生了变化，一是知道自己不是当诗人的料，二是研究兴趣从文学理论转向造型艺术批评，尤其热衷于学习古典画论。基于此，我除了要阅读大量的艺术理论书籍，自然也要购买一定数量的作品作为资料积累，而人美社出版的艺术类书籍无疑是首选，尤其是“人美文库”系列，对我的帮助是很大的。不过，我现在要说的可不是买了或读了多少册人美社的图书，而是与人美社出版的杂志——《美育》的一段情缘。

2020 年 9 月，我偶然在朋友圈看到“人美”的微信公众号发出的《美育》（创刊号）征稿启事。因为自己一直在写古典画论释读方面的文章，觉得应该适合在该期刊“国学之美”或“经典品评”栏目发表，遂有了投稿的想法。当时我正在写《南田画跋》选读的系列文章，并已开始在《中国美术报》“美育版”专栏不定期连载。看到《美育》的征稿启事后，决定针对恽南田论“逸”的文字做一番探寻，梳理其思想，最终形成了《恽南田论“逸”》一文，并按要求发到征稿邮箱。说实话，我当时是冲着“创刊号”而最终决定投稿的。

颇感欣慰的是，不到一个星期，我就接到了《美育》编辑部罗曼老师的电话，告知文章已经通过初审，待三审三校后就可正式刊用，并就编辑部对文本的意见和我进行了说明。从投稿到修改再到刊出，罗曼老师曾多次和我进行交流，甚至包括选图都和我交换意见。我很感激她的耐心和用心，这可能是每一位优秀编辑的基本素质吧。我很欣慰能在这样用稿严谨的期刊上发表文章。

2020 年 11 月 25 日，我从“人美”公众号看到《美育》（创刊号）出版的消息，止不住内心的激动，迫不及待地认真阅读了“导览”，对期刊的整体设计，特别是封面和内页的排版设计很是满意，是我所希望看到的“那个样子”。而在收到《美育》样刊后，它甚至超出了我对网络版的期待值——素雅的纸张、简洁大方的封面、松紧有度的排版节奏、全彩配图……完全称得上是“审美的”。我相信，《美育》秉承“以艺术领域为主轴，从美术、设计、音乐、舞蹈、影视、戏剧等延伸至哲学、历史、文学、社会学等综合人文领域，突出学术性，兼顾实践性和普及性”的办刊宗旨，一定能够打造出高端的具有新时期中国特色的社会主义美育平台。

我很自豪，因为我见证了《美育》的创刊，就像见证了一个新生命的诞生一样。而也正是因为《美育》，我关注了“人美”微信公众号，对该公众号推送的不少文章都认真阅读，对《美育》每一期的“导览”都认真浏览，这算不算是爱屋及乌呢？同时，我也对人美社旗下的其他期刊，如《中国美术》《中国艺术》《油画》等多有关注，这种关注不仅是为了从某种角度获取“中国艺术”研究的最新信息，同时也是在提醒自己要努力创作，在适当的时候多向这些期刊投稿。

人民美术出版社之于中国出版业，尤其是在美术专业出版方面，是发源，是龙头，其地位和影响已无须赘言。

《美育》创刊号封面

迷茫路上遇知音

◎ 孙玉德

20年前，在盛夏炎热的一天，火辣辣的太阳晒得人汗流浃背，我怀着满腔热血，带着多年含辛茹苦的探索成果——写意牡丹教学书稿，千里迢迢来到北京寻找合适的出版社，希望出版书稿，将自己的“写意牡丹教学体会”奉献给读者。

但是要完成自己的心愿并非一帆风顺，我一连跑了几家出版社，结果都使我大失所望，所遇见的编辑不是因工作忙，就是敷衍了事，随便翻一翻书稿就随口说：“这稿子不适合我们出版社，再到别处看看吧！”还有的编辑说：“写得还行，但分量不够。”这让我感到一片茫然，不知这“分量”两字所指何意，是水平？是地位？还是人际关系？但是，常年专注的研究坚定了我继续寻找艺术知音的信心。当我继续再找到一家出版社时，遇到一位热情而经验丰富的老师，她仔细翻阅了书稿，肯定地说：“这本教材很好，与以往出版的牡丹技法书不同，很有特点。”随后她又为难地说：“我们这里社政策不太允许，你可以到人民美术出版社去看看。”

我按照她所指引的方向向前走着，不免又心生顾虑：人美社是全国声望最高的美术出版社，恐怕没有多少希望。就这样不知不觉走到了人美社，我轻轻地敲开了刘普生主任办公室的房门，刘主任问过我的来意后便放下手头的工作，立刻接过我的书稿。他看了文稿和插图，又立即目不转睛地看着我，倏然认出我就是中国教育电视台“写意牡丹系列教学”讲座的主讲人，于是微笑着对我说：“欢迎您，孙老师！”然后给我泡了一杯热气腾腾的茶，请我坐下等候。他再次打开书稿，仔细审阅起来。刘主任为人的热情和对书稿认真的态度，使我绷紧的心弦慢慢放松了下来，心想：“终于遇到知音了！”

刘主任认真地审阅了书稿，最后笑容满面地说：“您的书稿写得很好，插

《案头画范——孙玉德画牡丹》书影

图也很精美，内容与时代发展吻合，我们正需要这样的教材。我个人同意出版，但是还要通过选题论证会和领导审批，最后才能正式出版。”他建议我将书稿留下，参加选题论证会。听到他这么一说，我欣然同意。又经过一番寒暄后，刘主任亲自将我送出大门。

人民美术出版社的工作效率很高。不久，我们就正式签订了出版合同，书名为《案头画范——孙玉德画牡丹》。这本书面世后受到了国内外广大读者的欢迎，第1版仅用半年就销售一空，又紧接着连续重印5次。

孙玉德　教授，国家一级美术师

与“人美”的相识之幸，与《连环画报》的知遇之缘

◎ 吴冠英

在我们这行里，约定俗成地将人民美术出版社简称为“人美”。我和人美相识很早，还是孩童时代，自识字开始，就爱看人美图文并茂的“小人书”，刘继卣先生画的《鸡毛信》不知看了多少遍，仍然意犹未尽、爱不释手，那个手持红缨枪放羊的海娃形象，已深深地刻在脑海里。还有一本《耕耘记》，记述了农村气象员的故事，我至今仍记得里面的一些看天气的土办法和民间谚语：“云向东一场空，云向西雨凄凄……”家里也曾藏有几本20世纪五六十年代的《连环画报》，有一本封面是一个穿红衣服的小姑娘走在上学的路上，眼睛正瞄着手上的一个画卷，故事大意是班里要出墙报，她回家让从事美术工作的妈妈画了一幅画。正是这些有知、有趣、生动且充满艺术感染力的连环画，在我心里埋下了美术的“种子”，带领我走向了美术创作的人生之路。

我与《连环画报》结缘，是我在中央工艺美术学院（现清华大学美术学院）毕业那一年，也就是1982年6月。当时学院举办每年一度的毕业设计展，因为我学的专业是书籍装帧设计，在毕业展上展出的我的毕业创作作品是为法国作家莫泊桑的小说《一生》画的一套插图。展览期间，有一天我们学院的何燕明老师碰到我，说是《连环画报》的主编吴兆修老师看到我那套《一生》插图很感兴趣，打算在《连环画报》上发表。听到这个消息我颇为激动，因为《连环画报》在20世纪80年代初已经是非常有影响力的连环画刊物，每个连环画作者

《鸡毛信》封面

都向往能在这个刊物上发表作品。见到吴兆修老师后，我还特意说明了《一生》是插图，吴兆修老师说插图与连环画并不矛盾，也可以看作是“浓缩”的连环画。在吴兆修老师的推荐下，我的第一套“浓缩连环画”处女作发表在了《连环画报》1982年第8期的封底上。此后，全国各地的稿约不断。这不仅使我与《连环画报》结下了将近40年的缘分，而连环画、插图也成为我一生中最热爱的艺术创作形式。几十年弹指一挥间，但与吴兆修老师见面的情景仍记忆犹新。非常感谢她将我引进连环画艺术的创作之路，愿她健康长寿！祝“人美”再创辉煌！

吴冠英　清华大学美术学院教授

嘤其鸣矣，求其友声

◎ 陈文璟

父亲的第一本画册《陈玉圃水墨画集》出版时，我才十四五岁的样子，文字、绘画专业方面的东西不懂，就觉得印得很好，书的油墨香好浓，令人陶醉。但爸爸有时会说，可惜不是由人民美术出版社出版，否则效果会更好。如此，这本画册让我记住了“人民美术”四个字，对人民美术出版社充满敬意，却从没想过有一天，我们父子都成了人民美术出版社的作者。

父亲买的很多画册都是由人民美术出版社出版的，尤其是“大红袍”系列。父亲说，就美术专业出版来说，人民美术出版社最权威，“大红袍”相当于盖棺定论的一个品牌。我当时并不怎么理解，只是带着朝圣的情怀去北总布胡同

被称为“大红袍”的《中国近代名家画集》之部分图书书影

32号处理相关事宜。那个小院子，虽然车辆进出不方便，但自有一种气场。安静的老式办公楼，处于极其繁华的闹市，有些黑乎乎的走廊，忽然看到办公室里堆放的书箱。透过纱窗的光，跳跃在编辑们的办公桌上。严格来说，办公桌整齐干净的少，乱七八糟的多，但大都是书、书稿，还有旧的杂志等等，让爱书喜静的人流连忘返。认识的几位编辑都非常热情，纵使合同丢失，原来的编辑已退休，也能找到合同原本。为父亲处理一本画册的稿费事宜，让我有一种非常舒心的回家的感觉。就是这样的文艺氛围，就是这样的企业文化，才能拥有“大红袍”、人美画谱、人美学术文库这些行业内普遍认可的品牌吧！

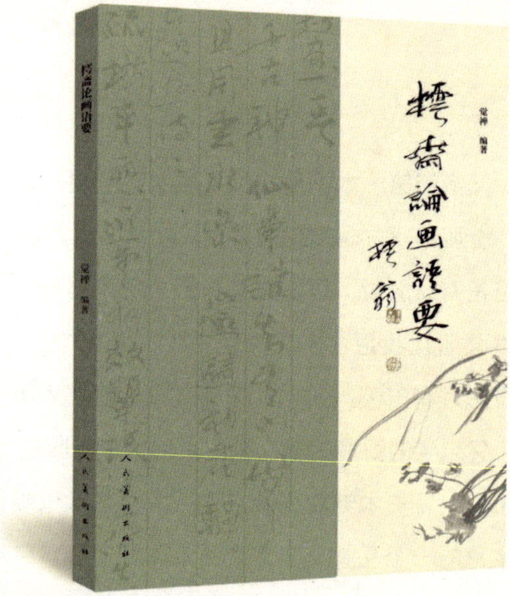

《樗斋论画语要》书影

父亲有一本画册——《陈玉圃·兰若薰风图卷》，由人民美术出版社于2005年出版。这个图卷是写意花鸟长卷，装帧精美，印刷甚好，几乎可以媲美原作。父亲拿到样书之后非常开心，不停地跟我说，你看看人家人美的质量，这本书值得收藏！父亲这么兴奋，我很理解。这个图卷是他一时兴起，于一个晚上匆匆写就，笔墨洒脱之处，几乎达到了他当时艺术的巅峰。父亲是一个很内敛平和的人，能忽然兴致勃发聊写胸中逸气，自然非常看重这个图卷。

之后我也到了出版社工作，做了很多年的编辑。出版工作需要很严谨的态度，文字编辑是一门非常精深的工作，一本好书的出版原来有这么多人在默默付出，知道这些之后，整个人都觉得有所升华，至少不是那么浮躁了。知

陈玉圃著《写意梅兰竹菊画法》书影

道路在哪里，慢慢走就是了，不着急。机会终于来了，2016 年，人美社的编辑教富斌为父亲策划出版《写意梅兰竹菊画法》丛书。这本书获得了极大成功，一年内加印了很多次，发行达到了十几万册。作为专业书籍，这样的发行量是十分可观的。

此书一切琐屑的事情都是我去人美接洽的。当时母亲生病，家里有些混乱，心情不是很好。记得刚从银行取了几万现金，放在一个手提袋里，刚想回家，就接到了张编辑的电话，于是就带着书稿，去了人美社，谈得很愉快，开心地回了家，然后就觉得少了点什么。过了两天，我终于在找身份证的时候想起来了，那个放着现金、钱包、书稿的手提袋落在人美社了！我赶紧打电话给张编辑，请她去看看那个洽谈室还有没有那个袋子。张编辑很惊讶，然后说，现在都周日了，明天去看看吧。放心，我们社很安全，应该丢不了。我想也是，都过了两天了，也不急这一天两天的，就等吧，心里已经开始筹划去办新卡新证了。周一，张编辑打电话来，说那个袋子还在角落里放着呢！她笑着说，你那个袋子太破了，所以没人觉得会有那么多钱，你也够粗心大意的。我当时真的是太开心了，跟张编辑说，幸亏是在人美社，大家都是文化人，连打扫卫生的阿姨都很自觉。

心里跟人美社的感情自然就更加亲切，于是，在张编辑的支持鼓励下，我的《好画知时节：传统名画里的春夏秋冬》也在人美社正式出版了。

时值人民美术出版社 70 周年大庆，教富斌说，你和你父亲都是人美社的作者，这很不容易，写点什么吧！我觉得他说得对，人美社算得上我们父子的知音，对于文化人来说，这最难能可贵。《诗经》里说过，“嘤其鸣矣，求其友声”，鸟尚如此，况于人乎？人美社给我的记忆都是美好向上的，把我和“人美”的故事写下来，也是一种感恩吧！

陈文璟　任职于中国艺术研究院美术研究所

叶叶深绿　美木参天

◎ 迪人

在美国宾州匹兹堡市的郊外，有一座绿荫掩映的月桂山，山上有一条熊奔溪，溪水流经一座融入自然而从不张扬的绝美别墅，这就是赫赫有名的、被美国建筑师学会冠以史上最佳建筑设计称号的“流水别墅”。

“与大自然的浪漫之约——流水别墅”是笔者拙作《设计的故事——走向设计之人》中第二部分的一个篇章。2015 年年底，人美社确定将《设计的故事——走向设计之人》纳入选题的同时，我萌生了将流水别墅真实环境中的树叶作为纪念书签的创意。

在与人美的合作过程中，我完成了书的第五稿，而从改稿、设计、编校到出版印制，经历了一次次的研究探讨。与责编、部门主任、社领导等的交往，再次让我感受到人美的大雅风度以及精英行事风格。与人美人交朋友，可以谈笑风生，可以深夜茶叙，可以在人美大餐厅外的阳台晒太阳聊趣闻，偶尔也争论得面红耳赤。有一回，在中央美术学院设计学院内，作者、责编、设计主持就书籍设计的一个问题争执得不可开交。在书的质量方面，大家都知道人美一向非常严苛，于紧密的管理结构下，宁肯延时，绝不敷衍半点。可贵的是，编辑与作者的相互尊重是足够充分的。在此状况下，人美人往往能够提出很有建设性的意见。如书稿原有一个较长的

《设计的故事》书影

导言，责编沙海龙先生大胆地提出，拿掉原导言代以图文相参的方式导入，更利于读者进入主题内容，也更具有可读性。我思量再三采纳了此提议，使现书没有了常规导言，只有 399 字的与跨页设计相衬的极简导言。

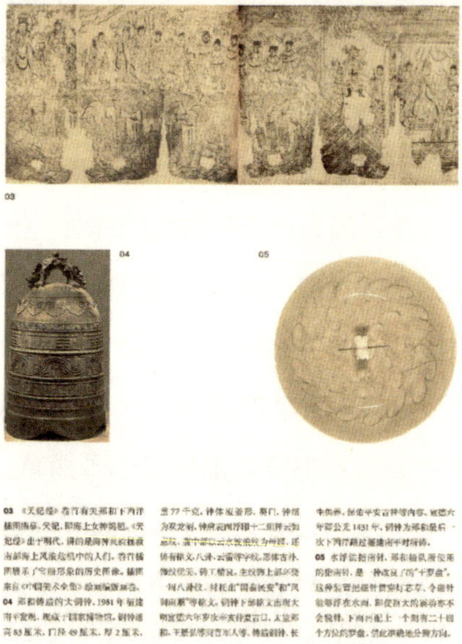

《设计的故事》内文

书稿正式出版后，得益于人美社领导的积极推荐，使之得到了网络平台的重点推广，荣登“中版好书”月榜，并获得了年度“中版好书”奖、“金牛杯”优秀美术图书铜奖等荣誉。人美社还邀请我进入三大书展（苏州书展、广州书展、上海书展）进行主题演讲，与读者进行了很有意义的交流，给我的印象也颇为深刻。

当一棵大树倾情于每一片叶子在阳光下的丰腴光泽，那片片叶子就一定会将雨露传递于树的枝干中，这就类似某种审美上的共情现象。

“流水别墅”是设计史上的经典，也是读者比较喜欢的一个篇章，它与很多篇章一样，故事的背后有更多的故事。当然，一些幕后故事也因人美人的参与，得以更加完善。以人美编辑与作者名义向有关故事的设计发生地或管理机构发出邀约，是不可或缺的。当我们的一个专家组与流水别墅主管琳达·瓦格纳（Linda Wagner）取得联系后，得到了对方的认可与大力支持。她们审阅了相关篇章英文稿，给予首肯并提了一点时间描述上的建议。对树叶做纪念书签的创意，她们表示很赞赏。琳达女士于 2016 年 6 月 29 日向我们提出，最值得推荐的是北美杜鹃树叶，这是流水别墅周边常见的优势树种，给设计师赖特带来了灵感。（原文为“It is a dominant species around

Fallingwater and Wright was inspired by it”）她还发来了供我们参考选择的杜鹃树叶的图片，上附有标尺，以使我们对叶子形状与大小一目了然。经我们认可后，琳达亲自带领员工分几次采集了杜鹃树叶，反复筛选，并进行了清洁、干燥和压平处理。几经周折，由国际航空快运投递而来的北美杜鹃树叶着实让作者、编辑与设计主持以及专家联络组的设计师等喜出望外。世界上的杜鹃属植物有上万种，北美杜鹃有很多特有树种，有低矮的，也有高大的，有的可达十几米高。在了解到流水别墅管理机构一贯严格按生态保护规定，不允许采摘成长中的树叶，作为主管也只能采集刚落地的完好无瑕的叶子时，我颇为那座历史遗产所处的良好环境而感慨。

在首批样书出来那天，我随责编到出版印刷机构的设计部门仔细审核了制作的每一个细节。我们一同将一片片叶子贴装于书中故事篇章间预留出的特殊一页，制作了 10 本特装本。谨慎操作中，每个人都露出会心的微笑。

2016 年是流水别墅落成 80 周年，而《设计的故事——走向设计之人》的出版成为对它颇有意义的一次跨国对话和纪念。远隔万里来到中国的北美杜鹃树叶，因书而与人美结缘，因书而与人美读者结缘，因书而与你我结缘……

有多少绿叶可以给人无限的遐想，又有怎样的美木佳林吸引着跋涉于旅途中人们的目光？

70 年来，人美书香，散发出一种独有的馥郁芬芳。

迪人　原名曹刚，设计师、学者，《设计的故事——走向设计之人》作者

难忘的良师益友

◎ 张富康

1978年的某一天，接到通知的我急匆匆地赶往县党委宣传部，原来是部长特意关照我，让我有一个学习的机会，那就是会见人民美术出版社《连环画报》编辑部的副总编、著名连环画家费声福老师。我不由喜出望外！交谈中得知，费声福老师这次是为了改编著名作家彭荆风的《驿络梨花》，而专程来云南元江哈尼族山区进行采风并创作专题连环画的。

这可是一次难得的机会呀！会面之后，我迫不及待地邀请费老师光临“寒舍”，以便能当面请教。费老师当即爽快地答应了。

费老师应约来到我家，我将画作拿给他看，并向他诉说了我对高考结果的担忧。费老师在仔细看了我的画作之后，直言不讳地说道：“你的作品没有问题的。但如你所述，万一今年不能录取，我建议你明年干脆就直接考研好了。如果到北京来，就来找我。”费老师的认同让我深受鼓舞。

更让我感动的是，费老师一回北京就给我来了封信。信中结尾有一句话：“你很用功，相信你一定会成功！”如此暖心、励志的话语，真让我倍感温馨、倍受感动！

1983年初，一个偶然的机会，我看到一个民间传说，讲的是一个秀才为一个财主写了一副对联：父进士子进士父子进士，婆夫人媳夫人婆媳夫人。因为财主为富不仁，秀才迅速地在联中添了几笔，对联就变成了：父进土子进土父子进土，婆失夫媳失夫婆媳失夫。那时的《连环画报》正好有一个生动有趣的栏目“猜一猜”，我想这个内容可以一试，就此机会，先从改编文字脚本开始向费老师讨教，于是着手改编后写了一封信求教。数日后，我收到了费老师的来信，对我的改编给予了充分肯定，随后又鼓励我：你以后还可以按照你的改编画些草稿，寄过来给我看看。

《春天的画卷》盒装书影

费老师慧眼识人，可能是常年做编辑工作的原因吧，哪种题材、哪种内容及哪种风格该由谁去负责完成都心中有数。果不其然，过了不久，我就收到了人民美术出版社连环画编辑部寄来的 1983 年第三期的《连环画报》。第 31 页就刊登了我根据民间传说改编、由万一宾绘画的《巧改对联》。

1984 年，去北京的机会来了。云南省美术家协会组织一批画家赴京观展，我随队前往。到北京后，拜访费老师那是必须的！和费老师电话约定之后，我即刻前往北总布胡同 32 号，只见费老师早已满面春风地迎候着。见到我的女儿，费老师惊喜地说道：“哇，这么大了！”可不是吗？回想当年，他来我家时，看到我妻子挺着大肚子站在井台上提水，还关切地责备我：“你要说说你的妻子，一定要注意啊，可不能这么干哪！”当年的情景仿佛就在眼前，而眨眼间我的女儿已 6 岁啦！

临别，费老师对我又是一番鼓励，并拿出由他编绘的几本连环画赠送我。我翻开一本《三个法庭》的连环画，“张富康同志指正，费声福”几个钢笔字赫然在目，不由让我深感惭愧，但同时也感受到了他对我的一种激励。

回味往事，当年的场景历历在目。想当年费老师可算是风华正茂，而如今却已是两鬓斑白，不由得感慨唏嘘。

日月如梭，一晃又近 40 年过去了，谨以此文回忆和纪念我的良师益友费声福老师。

张富康　上海美术家协会会员、中国书法家协会会员

美丽的相遇

◎ 唐海霞

小时候，家乡还没有摘掉国家级贫困县的帽子，小学和初中几乎没有专业的美术教师，各类资源匮乏，大家都在为了生计奔波，周围也很少有人谈及美术。我一直以为我和人美社最初的相遇应该是高中的美术课本，直到我为了提笔记录下我与人美社的故事而去查阅相关资料的时候，我才惊讶地发现，原来我们相遇在更早的时候。

那是在我小学二年级的时候，我跑去找邻居家的姐姐玩，发现她正趴在桌子上聚精会神地看着什么，我踮起脚尖过去想吓她一跳，走到她背后，却被她手里的连环画吸引了，竟忘了自己原本的恶作剧，跟姐姐头碰头地看了起来。书名至今记忆犹新，是《野猪林》和《燕青打擂》。彼时年少，并没注意是哪个出版社出版的作品，只记得当时看到故事高潮时激动到互相握住对方的胳膊轻声尖叫，我们甚至不敢大口呼气，好像呼吸太大会把书页给吹化了，也是第一次知道原来用画面来呈现故事是这么直观有趣。书在两天后还了回去，但我跟姐姐用粉笔在黑色的储粮柜上画梁山好汉，画满了一整个夏天。教育资源或许会因为地区不同而有所倾斜，但书刊画报却会平等地进入到中国的每一片土地。这是我们的第一次相遇，感谢人美，就像一颗橘子味的泡泡糖，惊艳了我整个贫瘠的童年时光，开启了我对美术的启蒙。

大学毕业后，我选择回到家乡成为一名美术教师。原本是想填补自己小时候没有美术课的遗憾，不想让大山的孩子缺失关于美的教育，回来后才发现，这十几年里，在国家扶贫政策下，家乡以一种不可思议的速度飞速发展着，我们县已经成为美术资源重点县城，不但有足够的专业教师开足美术课时，还有着利用乡土材料进行创新创作的各式各样的社团，教师时常有专业的课程培训，可以学习各个版本的教材。其中，我最喜欢的就是人美社的教材，

《中国美术五千年》书影

它非常贴合学生身心发展水平，兼具实操性，极为生动有趣，能把艺术从高高的殿堂里请进每一个人平凡的生活中，学生接受起来很顺畅，给我的反馈也很热烈。这种反馈促使我更加深入地研究教材、教学。在每一次的公开课里，我与人美社开始了一次次的相遇，每一次都“合作”愉快。人美社的美术教材贯穿了迄今为止我整个职业生涯最重要的时刻。这是我们的第二次相遇。感谢人美，如不可或缺的氧气，充盈我的肺腑，开启了我对教学的思考。

我一直是人美社的追随者，没想到我还能有幸成为她部分活动的参与者。2020 年，人美为贯彻落实中央《关于全面加强和改进新时代学校美育教育工作的意见》精神，以“美育实践案例”为抓手，面向社会征稿。我鼓起勇气投了一篇《苗衣上的纹样——行走的史诗》，没想到居然获得了全国一等奖。很快，人美社的编辑联系了我，说文章已经被选定，准备于《美育》杂志发表。跟人美社编辑对接的同时，我见识到了人美社严谨细致的工作风格，任何观点都必须要有权威出版社的图书、官方网站或者国家级的期刊等权威材料的支撑，涉及版权方面的问题，也是一点都不能含糊，再三检查确认后才能发表。以小见大，人美社作为唯一一个获得中国出版政府奖——“先进出版单位奖”的美术专业出版机构，实至名归。我也借此机会看清了自己存在的许多不足之处，需要更加耐心地去打磨、去改进，才能紧跟人美社的步伐向前迈进。

非常幸运的是，这篇文章又赶上了2021年人美社出版全国第一套中小学美育教材，入选了六年级上册的《美育》教材编写。这套教材共18册，涵盖了从小学至初中的九个学段。教材编写以情感教育为主线，从话题入手，以情动人、注重细节、娓娓道来，为义务教育阶段全面普及和提高美育质量提供范本。能参与做这样有意义的事，我倍感荣幸。当编辑提议让我为其中两课撰写教参时，我既惊喜又忐忑，我只是一个小县城的美术教师，我有这个资格和能力来为即将出版的教材撰写教参吗？在此期间，人美社的编辑给了我很多的帮助与鼓励，她让我相信，努力比资历重要，让我重拾初心，重拾了自己最初对于美育的期待和坚持。人美，以海纳百川的胸怀，接收着世界每一个角落的每一种声音。

我开始尝试跳脱出一个单纯的执教者的心态，开始思考：这堂课在学生这个年龄段应该处于一个怎样的地位？为今后的学习生活打下怎样的基础？怎样才能在全国参差不齐的教学条件下都能开展这一堂课？想清楚了，然后才有了侧重点，才开始安排教学目标、重难点、教学流程等。

如今，这个由开国领袖亲手缔造的出版社迎来了她的第70个年头。建社70年间，人美社出版了《中国历代名画集》《中国美术全集》《中国近现代名家画集》《中国当代名家画集》《长征·1936三部曲》等经久不衰的经典书刊以及中小学美术教材，润物细无声，启迪民智美育，陪伴了包括我在内的一代又一代人的成长。饮水思源，请接受我们最诚挚的祝福与感谢！

唐海霞　重庆市彭水苗族土家族自治县第三中学美术教师

我与人美社的缘分

◎ 赵云川

我出生于20世纪50年代末，可谓是伴着“小人书”和《连环画报》长大的。诸如1955年出版的长篇连环画《水浒》、1958年至1962年出版的《岳飞传》、1958年至1960年出版的《杨家将》以及高尔基的《童年》《在人间》《我的大学》等脍炙人口的作品，是我少年时代的最爱，在无数遍的观看和阅读中，也让我最早认识和记住了人民美术出版社。

除“小人书”外，人美社每月出版发行的16开《连环画报》也是我的挚爱。每一册《连环画报》中有多个故事，每一张页面上可布满多幅图画。其题材内容十分广泛，如神话传说、历史典故、名人轶事、人间情爱以及世说新语、智慧箴言、青春笔记等无所不包，表现手法也多种多样，有线描、炭笔素描、中国画、油画、版画、水彩画、水粉画、钢笔画、漫画等。我总是期盼着每月新一期《连环画报》的发行，并在第一时间购买，然后迫不及待翻开书本，对照文字，盯着图片，唯恐漏掉细节，那种着迷和满足感就像吃大餐一样。

“小人书”和《连环画报》用精湛的画功、简洁的语言、清晰的逻辑、感人的故事展现出其丰富的文化魅力，潜移默化地影响着一代又一代人。对我而言，尤为重要的是“小人书”和《连环画报》不仅是开蒙启智的读本，也是我最初学画时照着描绘的对象，是引导我走上美术之路的最重要的“美术类教科书”。而在不停地临摹和学习过程中，人美社的大名也深深地刻印在我的记忆中。

进一步认识人美社是在1989年，这一年人美社出版了堪称我国有史以来美术出版方面规模空前的鸿篇巨制《中国美术全集》（共60卷）。当时是我从中央工艺美院（现清华大学美术学院）硕士研究生毕业分配到大学教书的第二年，知道此巨著的出版，兴奋地想象着自购一套，但了解到一套《全集》

《中国美术全集》书影

要一万多元人民币，想到用当时每月几十元的工资收入和微薄的存款来购买几乎是不可能时，我立即向学校领导汇报，提出申请，希望由学校出资来购买、收藏。记得当时书店里还看不到《全集》，我便第一时间到建国门北总布胡同32号人美社购买，并蹬着三轮板车将60卷《全集》拉回学校。存入学校阅览室后，我一有空便埋头其间，一卷一卷地仔细翻阅、欣赏。这套《全集》可谓包罗万象，内容宏富，有绘画编、雕塑编、工艺美术编、建筑艺术编、书法篆刻编等，收录了万余幅彩色图片，每幅作品都有年代、作者、收藏地、原作大小和表现内容、艺术特色等图版说明、注述。我不禁为人美社这套翘楚大作所具有的考镜源流求其真、辨章学术显其识的治学态度和校审严谨、编辑周密、印制精良的品质而感叹。可以说，《全集》不仅使我的艺术素质得到了滋养，给我的绘画创作带来启发，也为教学提供了直接而有力的帮助。

再一次认识人美社是在2013年。受教材、书稿之约，我有幸结识了时任主任的王远和薛倩琳编辑。从人美社的一个忠实读者，到与出版社合作的作者，这是我万万想不到的。美术教材是人美社出版内容中的重要组成部分，当时王主任和薛倩琳编辑曾在北京乃至全国展开调研，并与中央美术学院等高校进行密切合作，出版了不少高质量的美术教材。她们基于出版教材的经验和直觉判断，对我编写的教材《色彩归纳写生》提出了意见和建议。经过编校、排版、装帧，这部教材于 2014 年出版。

在教材出版之后，我的专著《中国南传佛教艺术研究——傣族佛寺壁画》经由出版社领导讨论被列入出版计划。一般而言，出版学术专著大多是作者来承担费用，以我当时的科研经费想出版此书是根本不可能的。但人美社有弘扬文化、嘉惠学术的传统，我便成了这种出版理念的直接受益者。然而，让我想不到的是社里准备以此书来申报国家出版基金项目，这使我感到莫大的荣幸。申报国家出版基金不是件容易的事，面临许多挑战，一方面需要书稿内容质量过关，另一方面需要对出版意义、价值、经费、预期效果等有明晰、合理的阐述。王主任和薛编辑凭借自己的学术水准、编辑经验，在撰写申报文本、请专家写推荐信等方面不遗余力。最终，在她们的努力下，申报文本通过了初评、复评、终评的严格评审，获批为 2018 年国家出版基金项目。

在此书的审校、排版过程中，我感受到了人美社编辑们深厚的专业功底和认真负责的敬业精神。他（她）们看稿时逐字逐句校对、整理，一丝不苟。由于出版行业的某些规定和要求，在删除不必要的图片、调整个别文字的表述方式，以及对书中地图的使用规范、准确性等需要修改的地方，她们都会很坦诚地提出建议，同时又很尊重我的意见，在对一些文字、出处进行校对时，会把我的“原稿”和调整的文字拍下来发给我，与我商量，讲明进行修改、调整的原因。另外，也许是专业美术出版社的缘故，在排版、字体、开本、封面、内页、插图、色彩、纸张等书籍装帧上更是颇下功夫，追求书的品位，力图做得尽善尽美。在与人美社的交往中，我逐渐认识到，编辑们的校勘、挑剔、追问、调整、加工都是为了使出版物具有更高的品质。可以说，这是一项具有创造性的事无巨细的工作，是保证图书品质的关键环节。三审、三校表面看起来只是一项工作流程，但其实质是“校正脱误”。面对书稿中的问题或谬误，弄不懂或下不了定论时，编辑们还必须查阅相关文献资料，予以佐证或定夺。此种像做学术研究一般默默付出的辛苦工作，让人感动并心生敬意。

如今我与人美社还签有《日本近现代工艺美术发展史》《日本近现代雕塑发展史》等书稿的出版合同，能与这样的国家级专业出版社合作，我感到非常荣幸。人美社重视学术内涵和美学意义，对书的品质、品位要求极高，其秉承“用心做好每一本书”的理念，让我学到了不少东西，这不仅仅是在思想觉悟和文化取向上，也是在专业水平、鉴别能力上。在与编辑的相互交流、切磋中，我总是收获颇多。我很珍惜与人美社的交往合作，可以说，人美社给我提供了高端平台，也鞭策我在著述写作上更为用心、更为严谨。我的著作能顺利出版，离不开人美社领导的支持和肯定，离不开一批兢兢业业、尽心尽力的编审、编辑们的支持与帮助。

今年是人美社成立 70 周年，作为新中国成立最早的美术类国家级出版社，回首望去，人美社在风雨兼程、与时俱进的历史进程中，打造出中国专业美术出版社的品牌。值此 70 年华诞之际，我们在感念人美社所创造的无数辉煌业绩的同时，也期盼人美社用她宽广的视野、丰富的经验，一如既往地推出更多高品质的经典作品。衷心祝贺人美社的出版事业更上一层楼，取得更大的成就！

赵云川　北京服装学院教授

在“人美”淘书的乐趣

◎ 李文庆

我喜欢连环画，业余时间大多被整理书箱、赏读连环画占去了。我与连环画结缘，更是与人民美术出版社读者服务部有密切关系。

回忆起旧时光，北京东单的中国书店、地坛书市是我从小就特别喜欢去的地方，在那里可以任意挑选自己中意的连环画。20 世纪 80 年代后期，连环画进入低谷，但我对连环画依然有着恋恋不舍的感情。20 世纪 90 年代，结婚生子后，对儿时喜爱的连环画总有一种牵挂。1996 年，人美社推出了《爸爸妈妈读过的书》，当时在书店买到以后，又看到了童年时翻阅的《钢铁是怎样炼成的》《鸡毛信》等，一时感慨万千。后来得知人美有自己的书店，这就是位于东城区北总布胡同 32 号的人民美术出版社读者服务部。在这里，人民美术出版社的各种连环画和其他画册林林总总，琳琅满目。从那时起，我就成了这里的常客，每逢周末，一有空闲时间，一定会约上两三个好友，来到这个心目中的“连环画圣地”，淘书会友，乐此不疲。

那些年来，我在这里先后淘到了心仪已久却一直未曾遇见的好书，至今保存完好的《红楼梦故事》《邦锦梅朵》就是那时购得。我不只自己买书，有时候也给身边的连友介绍新出的连环画，给外地连友也寄去几本。人美读者服务部在全国连友中颇有名气，外地连友来到北京，首选地就是人美读者服务部。

去的次数多了，与读者服务部的工作人员自然就熟了起来，服务部里的人有个大事小情都愿意让我帮忙。一有什么新书上架，他们会第一时间打电话告知我；遇有比较紧俏的新书到货，他们也会预先给我留着。那段时间，我在那里非常幸运地收集齐了“中国古代故事”“中国现代故事”系列及《水浒传》《青年近卫军》《鸡毛信》等大量优秀的中外题材连环画佳作。我还

北总布胡同 32 号院旧貌

通过读者服务部工作人员的热心帮助，配齐了一些期盼已久的套书中的“缺本”，现在回想起来，仍心怀感动，未曾忘却。

1999 年，人民美术出版社推出了纪念人美社成立 50 周年连环画收藏套书 30 本，最后出版的《黑骏马》这册，不知什么原因，读者服务部没有此书，让我颇感失望。我心有不甘地奔走于市内各书店，希望能淘得此书，但每次都失望而归。服务部大姐看我如此痴迷，便主动打电话给我说：“小李，你要的那本《黑骏马》我帮你找到了，我昨天在社里看见编辑何兵了，何老师说送您一本。”经过半个多月难熬的等待，我最终如愿拿到了这本期盼已久的书，圆了这一“套书梦”。现在还清楚地记得，那天从刘大姐手里接过这本书走出读者服务部时，天空飘着细雪，冷风习习，而内心却是暖意融融，时不时兴奋地嗅着淡淡的书香。现在，尽管家里藏书逾万册，但这套人美社成立 50 周年纪念版画集仍是我最为珍爱的套书之一，我还精心制作了一个锦盒，细心地珍藏着。

因为买书，我在读者服务部还有幸结识了一些连环画名家。

有一次，我在服务部新书专柜内漫无目的地搜寻着新上架的书籍时，遇见了一位中等个头、满头银发、年约六七十岁的老者。他见我站在一排书架前像是找寻什么，便走上前询问我："小伙子，你要找什么书啊？"我随口应答想要找一套刚出版的《志愿军英雄传画库》。他抬起头，说："你找的那套书在书架顶上，得搬梯子才能够得着啊！"说罢，还热心地喊来工作人员帮忙搬来梯子。通过这次接触，我们渐趋熟悉，见面便彼此打个招呼，却始终没好意思问人家姓甚名谁。

后来经服务部大姐们介绍，我才知他就是连环画知名画家童介眉先生，方觉有失礼仪。童介眉绘制的《红珊瑚》令我印象深刻。从那以后，我们便成了"忘年交"。或许，这就是意外的"书缘"。

大约从 1998 年起，在人民美术出版社、上海人民美术出版社等国营出版单位的大力推动下，连环画出版业再度兴起，相继推出了一大批为"连友"喜闻乐见的连环画佳作。这期间，我在这里先后购到了曾获得第七届全国美术作品展连环画金奖的《地球的红飘带》以及《人到中年》《东郭先生》等新创或再版的连环画，也有幸结识了人民美术出版社姜维朴、何兵等前辈，常听他们讲述一些有关连环画方面的逸闻趣事，和他们一同参加人民美术出版社组织开展的各类书展和图书捐赠、助力扶贫等活动。现在想起，恍如昨日。

而今，一晃 20 多年过去了，虽然现在购书的渠道有所增多，网上购书也方便了许多，但我在闲暇时仍喜欢在读者服务部小坐一会儿，惬意悠闲地随意选择一些自己喜欢的书，感受书香气息，与"连友"们畅谈连环画的发展与未来，交流彼此的读书、藏书感受。

我与人美读者服务部的缘分，长长久久。数十年的读者服务部的购书经历，一辈子的不了缘。

李文庆　人民美术出版社读者

第五章 记忆

“盖己狠开”

◎ 李向民

我出生那会儿，老家还叫湖垛镇，方言称为糊涂街。南北向的老街狭长蜿蜒，多是些两层楼的门面，下面开店，楼上住人。街东的人家枕着西塘河，高低参差，鳞次栉比。街西是些深巷大宅，那是孩子们躲猫猫的乐园。老街上的人们，经过一条条逼仄的巷子，走到河边的码头，担水淘米、洗衣买鱼。码头旁经常泊着一条铜匠船，我能呆呆地站上半天，看一块铜皮被叮叮当当地敲打成滴水不漏的汤婆子。

老街很窄，只有四五米宽。两旁有茶水炉、篾匠铺、煤炭厂、茶食店、药房、布庄、银行、钟表店、照相馆、人民饭店、轮船码头，还有派出所，以及“文革”时批斗人的二号台。老街很宽，装得下我的整个童年。

我最喜欢的地方，是有着水磨石地面的新华书店。还在上幼儿园的时候，我就迷上了连环画，在老家叫小画书。那时候的商店，顾客是不许自己拿商品的，需要看时，得隔着柜台，请售货员递给你。这就变相剥夺了小孩子翻书的资格。还没有柜台高的我，常常趴在玻璃柜台前，眼巴巴地望着里边的连环画。

因为生长在一个大家庭，家里常有来来往往的亲戚。亲戚长辈们有时会给我一点零花钱，这点钱最终都被我换成了小画书。大人们发现了这个秘密，有时故意给我一角钱，看我干什么去，最终都屡试不爽地看见我摇摇晃晃地走向了书店。

连环画成了我童年最大的乐趣。每当买到一本新书，我都会迫不及待地翻开，深吸一口，让油墨的清香沁入心脾。记忆中，那简直是人间最美的气味。我也经常在故事之外，出神地看着那些线描和水墨人物，揣摩勾线的方法。

因为那几箱小画书，我成了小伙伴中最富有的人。

在那个物资匮乏的年代，街上的画书摊儿成了孩子们的百草园。小伙伴们说我的小画书不比他们少，而且都是最新最好看的，于是怂恿我也摆个画书摊儿，把他们比下去，看一本收一分钱，还可以赚到钱买新的。现在想来，小时候，我就有做文化产业的冲动。于是，暑假里的一个上午，趁大人不在家，我和小伙伴把几箱小画书吭哧吭哧地搬到了街上，又带上家里所有的小板凳，铺好塑料布，把小画书一一摆放整齐，就等着开张了。没想到，第一个顾客，竟是闻讯而来的母亲！她觉得我太丢人了，竟然特地把画书摊儿摆在她糖烟酒公司门前！就这样，我平生第一次创业梦被无情地打碎了。

有一天看到一本《小猪手》，封面上是两个孩子在暗中观察，便以为是用猪抓特务的。我兴冲冲地买回家，看完了却很失望，原来又是批斗地主的，更没看到一头猪！我问叔叔，叔叔哈哈大笑，说那明明是《小猎手》嘛！

渐渐地，识的字多了，也不怎么闹这种笑话了。但小画书封底左上角那个红色的章子，对我来说，仍然是个顶神秘的符号。小伙伴们争吵了半天，也弄不清那是四个什么字。最后，我一锤定音，这一定是“盖己狠开”！

盖己狠开！小伙伴们惊呆了，都瞪大眼睛看着我。我故作镇静，说这一定是个什么暗号，或者是什么秘密组织，就像“盖世太保”一样，先把自己盖住，然后狠狠地打开！空气凝固了，大家总觉得哪儿不对，却又无从辩驳。于是就这样愉快地决定，以后，我们就是“盖己狠开”的队员。小伙伴趁机补充说，只要喊“盖己狠开”的口令，就可以随时来看小画书！大家都叫好，我也只得叫好。敢情我还是挖了坑，把自己给埋了！

这个神秘代号是不小心被戳穿的。

或许是古代“天贶节”的遗风，每到三伏天，家里都会把衣服、图书搬到太阳底下暴晒，称为“曝伏”。经过一个月的梅雨，曝伏可以防止衣物发霉。每到这时，我最喜欢的是帮父亲从书橱里往外搬书，放在天井里的搁板上铺好。父亲是个油画天才，因为时代的原因，与南京艺术学院擦肩而过，但他仍然把油画当作毕生的爱好。家里收藏了许多“文革”前的画册和美术书籍，包括“破四旧”后罕见的民国画册和古画。一次搬书时，被某画册吸引，我情不自禁地翻看，直到听见父亲的斥责，才发现自己赤着胳膊站在大太阳下。我慌忙转身，却一屁股坐在了仙人掌上，顿时痛得跳了起来。

“人民美术”社标图章

父亲把我抱到书桌上，扒了我的短裤，一手拿放大镜仔细寻找，一手用猪毛镊子，一根根地拔去仙人掌的木刺。那画面一定很滑稽，连不苟言笑的父亲都忍俊不禁。趴在桌上的我，手里还抓着那本书，我再次注意到封底上的红章子。其实，我一直不确定那是否为“盖己狠开”，于是，便装作无意地问起来，父亲说这是“人民美术”，是小篆。

“盖己狠开”突然间被打回原形，变成了人（己）民（开）美（盖）术（狠），让我有些失望。真相总是平淡无趣，所以童话才那么美好。这时，我才意识到，这么多年，我攒零花钱买的，以及父亲让我曝伏的，大多是人民美术出版社出版的书。

多少年过去了，每当看到“人民美术”的印章时，我总是会心一笑。那是我美好童年的 Logo，我永远的“盖己狠开”！

李向民　南京艺术学院副院长、教授，中国美术家协会会员

如何塑造集体的文化记忆

——从“川美学统文库”谈起

◎李　竹

德国史学家扬·阿斯曼曾提到“文化记忆”的问题，认为个体回忆基础之上形成的集体文化记忆，会形成身份认同和文化延续的凝聚性结构，将人及社会进行时空连接并构造象征意义体系。历史学家眼中的回忆，既包括文字也包括视觉图像，正是这些层层叠加犹如化石的记忆场景重构了文化的历史，也成为一种固定的秩序——“传统”——的一部分。

学术的传统更是如此，它包含了传递、承续、推衍之意。四川美术学院的学术传统，其渊源既来自民国时期的艺术大家，也来自延安时代的左翼精英，继而发轫于1950年代至1960年代，峥嵘显露于1980年代，并在其后的当代艺术演进中异彩纷呈，不绝如缕。对于这种在历史延续的脉络化和事件累积的丰厚性上生成的学术传统进行追溯、回顾、总结、反思是有着重要的意义和价值的，地域性和本土性所造就的独特的“川美现象”，应该在今天来进行历史趋向和文化形态的合理化叙事。正是基于这样的背景，四川美术学院在2018年成立了由庞茂琨校长任总主编、著名批评家王林担任学术总监兼项目执行人的编撰委员会，计划编辑出版一套30部左右的系列丛书，通过钩沉历史、挖掘资源、采访纪实、深入分析，力图从碎片化的言辞、图像和事件当中找出一条四川美术学院生生不息的学术传承之路，也为当下和未来提供一种参照的框架。

这样一套对于四川美术学院非常重要的丛书，找什么样的出版社是一个需要慎重思考的问题。2017年，机缘巧合之下，在川美创作科研处工作的笔者认识了人民美术出版社的 位编辑，并有幸促成了周社长 行来川美访问，周社长与时任四川美术学院党委书记的黄政和校长庞茂琨进行交流并达成了

《艺术大家李有行》书影

战略合作协议。成立于1951年的人民美术出版社是艺术人心目中美术领域最为权威的出版机构，陆续出版的各类美术教材、连环画、美术画册都保持了国内的最高水准。周伟社长的到访，让川美人逐步了解了“四个人美”的发展战略，其“中正大雅、朴真至美”的精神和川美“志于道、游于艺”的校训更是有着潜在的共识：传承传统、思想独立、学术自由。双方战略合作框架的达成成为“川美学统文库”最终选择人民美术出版社的前提。

2020年川美建校80周年之际，川美推出了《与历史同行——四川美术学院的艺术追求（三卷本）》《艺术大家李有行》四种“川美学统文库”系列图书。尤其是三卷本的《与历史同行》的出版，殊为不易。除了正式撰写的谢亚平、尹丹、李敏、何桂彦等多位川美教师之外，更有人美社集结了多位经验丰富的编辑共同参与该书的出版工作。在长达一年半左右的工作推进中，令人印象深刻的是人民美术出版社所严格遵循和把控的学术规范性。作为一套有效的学术研究制度，学术表述的规范性是获得知识界普遍尊重的一种形式。艺术是人类最高智慧的结晶，然而艺术这样的终极自由体现为学术的成果，同样需要遵循外在的规范——这种规范同样构成了学术传统的重要部分。

就这样，“人美学统”与“川美学统”相遇，艺术的自由和出版的规范相互碰撞并展现了多元的文化景观，虽然由于种种原因导致中间有所遗憾，但最终的成果，不仅体现了川美所代表的艺术精神，也体现了人民美术出版社所代表的出版行业的职业操守。

亚里士多德曾说，人是有思想的动物。人类社会思想和文化的代代相传，与印刷出版行业进行知识积累和播撒密不可分。编辑、校勘、版本、目录这些与出版有关的学问，展示了科学的考证和学术的准确，对文化的积淀产生了重要的影响。虽然在新媒介新技术广泛应用的今天，对“思想”进行固定的形式可以多元和多样，但是小到一个高校如川美，大到一个国家，这些文化记忆依然需要出版才能广泛传播。因此，出版是一种技术性和文化性相融合的事业，需要在历史和社会的视野中去展现学术精神。作为中国最好的美术类出版社，人民美术出版社无论是过去还是现在，都体现了这样的人文关怀和学术精神。

2021 年恰逢人民美术出版社成立 70 周年，笔者作为“川美学统文库”的学术秘书，有感于艺术出版事业的艰难和不易，也寄希望于人美社在未来的持续坚守，特撰写此文。

李竹　四川美术学院创作科研处教师，艺术学博士

连环画打开了我人生的新天地

◎ 王连城

小时候，我们老家把连环画叫“画书”。20 世纪 60 年代末的西北农村生活很困难，往往一个村庄也没有哪个孩子能拥有一本画书。记不得啥时候，庄里有个小朋友有了一本画书，几乎全庄的小朋友都挤在一起翻看，书上牛在叫、狗在跑，形象栩栩如生。尽管我们认不得字，但被画面所吸引，觉得神奇极了！

我拥有第一本属于自己的连环画是在 1970 年。当时我生了一场病，到离家 30 里的县城住了几天医院。临回家时，我跟爸爸说想要一本连环画，爸爸可能心疼刚病愈的我，就到新华书店给我买了一本。有了一本属于自己的连环画，我珍惜得不得了，只和一个最好的伙伴找一个僻静的地方翻阅。我们都认不得书名，同伴问我这是啥书，我说叫“少家兵”，后来识字了，才知

《连环画报》封面及封底

《最美奋斗者》系列书影

道书名是《沙家浜》。

上小学、初中后，我看的连环画种类多了，但吸引我的不是故事情节，而是书上的画面。那一段时间，我开始自己画画，学习的范本全是连环画。

由于自己在美术方面的特长，20 世纪 80 年代初，我考入了师范美术专业。在校期间，我喜欢翻看《连环画报》。工作后，有条件订书了，我便一直订阅《连环画报》和《中国连环画》，上百册珍藏至今。

我很喜欢那时的连环画，也很喜欢那时的《连环画报》，当时对连环画家心生敬畏，认为比一般的中国画家、油画家水平都高。我们当地没有人创作连环画，我心中一直视连环画创作为畏途，未敢涉猎。

2010 年，我应画友之约，开始创作西北红军革命历史连环画。我从箱底翻出了珍藏多年的《连环画报》《中国连环画》期刊，对连环画创作的构图、画面连续性等问题开始悉心研究，最终创作出了《西北红军的摇篮》。2012 年，适逢“庆祝中国人民解放军建军八十五周年”全军美术作品展，这部作品先

《春天的画卷——纪念改革开放 40 年连环画集》书影

入初选，后入复选，这结果让我惊喜！从此，我开始在连环画创作园地徘徊、沉思。小时候对连环画的热爱、向往、敬畏之情一齐涌上心头，我才发现自己对连环画的感情是这么复杂。唯其复杂，才可让情有所钟。

2017 年，我参加了人民美术出版社主办的“东升杯全国连环画大奖赛”，作品《战友情深》荣获主题类二等奖，这才使我翻越了对连环画创作畏惧的山梁。

人民美术出版社是我国编辑、出版连环画的重镇，70 年来，在各个历史时期发现、培养了一大批连环画作者。2018 至 2019 年，社内先后举办了两届连环画创作高研班，我为提高自己连环画创作水平参加了学习，见到了多位从 20 世纪 80 年代起自己敬仰的连环画大家。各位老师以连环画创作为核心，讲述延伸到了文化领域。老师们个个朴实无华、至真至情、亲切自然、才华横溢，他们正直的风范和对艺术的追求，使我受益匪浅。

通过近十年对连环画的学习、创作、思考，我认为独幅画创作似挖一口深井，是在一幅画面上深入挖掘，连环画却似一条河流，浩浩汤汤，川流不息，在表达故事的过程中，跌宕起伏，最后众流合一，归入大海，宽泛而又流畅，是表情达意极好的一种艺术表现形式。自此，我喜欢上了连环画创作。

没有文学、文化的情怀就不会有连环画创作的情怀。文学修养、文化素养、生活体验是连环画创作的源泉。黄永玉先生曾说：“你是放在天上的风筝，线的另一端牵系着心灵的故乡的一切影子。”在我心里，连环画是故乡空寂的大山里引领我心灵飞翔的云雀，是盘旋在家院屋檐下衔泥筑巢的春燕，陪伴我度过了快乐的童年和少年时期。

有人说，人的一生都被童年时期所影响，似乎有一定的道理。童年时代的记忆，像一粒种子，埋藏在心田，慢慢地发挥着它的潜在功能。随着时间的推移，种子在一定气候、土壤的培育下，逐渐地萌动、发芽、成长……

自从开始连环画创作，童年遥远的记忆被唤醒，重新引领我踏上精神返乡的旅程。

2020年，我参与了人美社“最美奋斗者”系列连环画之《大医精诚——钟南山》的创作，这是我平生第一次用黑白画创作中长篇连环画。由于经验不足，出现了一些困难，整个创作过程中，连环画编辑室的编辑林晓阳在电话中以诚恳、温和的话语一路鼓励，并针对遇到的问题，发来图片启发我的思路，很多问题就这样迎刃而解。《钟南山》连环画后又入编“非凡百年奋斗路”书系。

从童年时学画以连环画为范本，到青年时期学习连环画创作，以《连环画报》杂志为教材，直至中年创作连环画，回眸时发现，这个遥远的记忆一直与我形影相随，最终为我打开了人生的一片天地，而人民美术出版社使我完成了童年对连环画的向往与热爱，连接起了我人生过去到现在的情感世界！

连环画，老百姓的精神家园

◎ 庞邦本

我于 1951 年参军，成为一名美术兵，主要任务就是画兵，常通过连环画形式来反映部队生活与战斗，因此和连环画结下了不解之缘。

三中全会之后，我恢复了创作，自然想到连环画，于是将莫泊桑短篇小说《我的叔叔于勒》改编成24幅的连环画脚本，裁了张素描纸，两天画完想送《连环画报》试试。当时友人曹辛之和丁聪还帮我写了推荐信。记得是费声福下楼接见的我，看了画稿就留下了，推荐信未收，说是“用不着”，作品随即在 1980 年第 8 期《连环画报》上发表。紧接着发表的是莎士比亚的《一报还一报》和荷马史诗《伊利亚特的故事》，从此稿约不断。

我画连环画是有选择的。“文革”之后百废待兴，人民群众求知若渴。我就想，可以通过连环画向青年人介绍世界文学宝藏，所以只画世界名篇，如狄更斯的《双城记》、托尔斯泰的《复活》、巴尔扎克的《欧也妮·葛朗台》、大仲马的《三个火枪手》、夏洛特·勃朗特的《简·爱》、易卜生的《社会支柱》、薄伽丘的《十日谈》《神灯》和《阿里巴巴与四十大盗》，还有《耶稣传》等。将一部长篇文学作品浓缩成精美的连环画，是颇费心思和功力的创作享受。当时我最喜欢接吴兆修大姐主持的“长篇短绘”专栏的稿件，她改编的脚本梳理精准、字字珠玑，一部文学巨作在她手里浓缩成数十幅足矣！它激励我细心揣摩每件作品应有的绘画形式和语言、主要人物的肖像化和群像的个体化塑造，力求再现不同时代背影下的场景、服饰、道具的描述。在画《荷马史诗》时，我每天去北京图书馆熟读希腊雕塑画册，同时借回《希腊瓶画》参考，因为瓶画是希腊神话、历史和生活的再现。我从希腊雕塑中体味神话人物的神韵和完美，从瓶画中学习古代希腊的历史与生活的真实。

一篇篇以写实手法与黑白对比为主，既注重整体效果，又着力细节刻画，并讲究文学意味的名著连环画的面世是编辑、文字改编作者和画家合力创造的成果。

1985年，我有幸正式调入出版社，开始了我与连环画事业结合最亲密的时期，与姜维朴、陈惠冠、费声福、吴兆修、夏丽等老师朝夕相处，亦师亦友的情谊终生难忘。我尽心尽意地做好编辑工作，为广大作者服务，和众多的画家们成为忘年交。今年我已85岁，读书画画一天不闲，只要是连环画的活动仍是随叫随到。人民美术出版社和连环画出版社是大家的精神家园，在这温故知新的时刻，衷心祝愿人民美术出版社和连环画出版社更上一层楼。问候兆修大姐，并祝她健康长寿！

庞邦本　人民美术出版社退休职工

《连环画报》，我的第二个老师

◎ 孙晓航

我清晰地记得小学一年级的第一节美术课，内容是画一个扛着红缨枪的小女孩。我画得很快，美术老师看了我的图画，对一个来找他的老师说：“这孩子画得比我好。”这位美术老师除了教美术，还教我们自然常识课，尽管他不是专业的美术老师，他的话还是让我第一次有了被认可的感觉。小时候，精神食粮匮乏，电影一共就那么几部，没有电视，我最喜欢的事情就是看“小人书”（连环画）。街道上有“小人书”摊，一分钱看一本，花两根冰棍的钱，能坐在小板凳上看一下午。那种感觉比现在看任何大片都过瘾。

大概在我小学快要毕业的那年，有一次跟随父母去单位值班，我在办公桌上发现了一本《连环画报》，具体哪年、哪期记不清了，隐约记得好像封面画的是马克思。整个下午，我都非常安静地在看那本画报。我看了两遍，还是觉得不过瘾、没看够。后来在我的央求下，再次随父母去单位，找出了厚厚的一摞《连环画报》，我充分理解了一个成语——爱不释手。《连环画报》成了我的第二个美术老师。

1983 年，我要上初中的时候，爸妈说我可以多订一本杂志，于是我选择了《连环画报》。从那以后，我每个月都多了一个兴奋的期待，就是新《连环画报》。在我还没看完的时候，院子里的其他孩子已经为看这本画报排好先后顺序了，等这些孩子都看一遍还给我的时候，这本新杂志已经快成为一本旧刊了。父母很奇怪这本书的魅力何在，也看了起来，后来他们成了顺序排在我前面的读者，因为画报是邮到他们单位的。

这期间，我看到了大量的优秀连环画作品，比如《人生》《雪雁》《罗伦赶考》《一个儿子》《小鼓手》《月牙儿》等，也知道了很多鼎鼎大名的艺术家，他们成了我没见过的老师。不同的题材、不同的风格和不同的画种让我大开

《生死攸关的烛光》内文

《狼行成双》内文

《连环画报》封面

眼界，有时我也拿出纸笔按照我肤浅的理解临摹我喜欢的画幅。初中二年级，我进入学校的美术活动组，有了真正的专业美术老师，开始了系统正规的绘画训练。这让我对连环画的风格和技巧有了新的认识和理解。

1988 年，我考入东北师范大学美术系，跟随很多著名老师学习绘画和设计。在大三那年，系里举办一次师生作品展，在我设计的封面作品右侧，是孟德安老师刊登在《连环画报》上的作品《母亲》的原稿，我看了很久。作品的画幅不大，使用了很薄的油画纸，我仔细地琢磨甚至模拟着每一笔的运笔。这让我想起了童年经历，似乎找到了我的初心，特别想自己也画一个故事，然后刊登在《连环画报》上。

大学毕业后，我一直在高校当老师，讲过美术专业课、设计专业课、美术史论课，还给非美术专业的学生上过艺术实践课和艺术选修课，在有空闲的时候，最想做的事还是写个故事再画出来。2000 年，我的第一组连环画作品《新泽西的风》刊登在《连环画报》第九期的封底。当时真开心，特意去书店多买了几本，喜欢看着新华书店的书架上摆放着我的作品的感觉。从那时开始，我先后创作了《最好的消息》《尼泊尔的啤酒》《生死攸关的烛光》《第二次选择》《德伯家的苔丝》等 14 组连环画，计 400 余幅，时间跨度近 20 年。连环画创作通常需要更多的时间，在没有大块时间的情况下，我只能抽空画几笔，以至于到目前还有两套作品画了很久也没完成。曾经那个喜欢看连环画的顽童转眼已经年过半百，眼睛花了，脖子僵了，但初心犹在，兴趣依然，一有闲暇还是经常会画上几笔。

尽管现在我们处在一个物质生活与精神生活极大丰富的年代，但是连环画还是具有独特的魅力和价值。希望《连环画报》不断创新，树立社会主义核心价值观，为实现伟大中国梦发挥作用，继续做伴随一代又一代人的良师益友，成为一代又一代人的美好回忆。

孙晓航　吉林大学艺术学院副教授

我所知道的人民美术出版社的点滴

◎ 李书芹

新中国成立初期，华北、东北、华东新华书店联合成立了新华书店总管理处，总管理处抽调人员组建了人民美术出版社。第一任社长是萨空了，后由邵宇担任。建社初期设有图书图片编辑室、创作室、《连环画报》编辑室。

图书图片编辑室主任是邹雅，副主任是安靖，人员有黄苗子、卢光照等。创作室聚集了当时北京、天津的画家。画家有刘继卣、王叔晖、徐燕孙、沈叔羊（沈钧儒之子）、任率英、墨浪、林锴等。《连环画报》编辑室主任是刘迅，秘书是刘含珍、罗广德，下设文字编辑组，人员有白宇等。美术组组长是李书芹，人员有林蕴生、张学廉、徐竞辞、焦长春、石丙春。连环画编

人民美术出版社 1955 年度优秀工作者合影

辑室主任是姜维朴。

在人美社，我与林锴是好朋友，他比我大一岁，毕业于杭州国立艺专，师从潘天寿，我们经常讨论创作问题。他送给我一幅工笔山水画，我一直珍藏，但这幅画没有落款。有一年我拿着画找他，请他给我补题款，他看到画后非常不舍，希望我把画留下再另画一幅送我，我没有答应。2020 年，我把该画送给其子林阳先生，也算是弥补了当年没有答应老朋友的遗憾。

邹雅是我的老师和领导，他态度和蔼、为人正直。1940 年，我们第一次相识于太行鲁艺，他是老师，我是学员。后来在华北新华书店，他是美术编辑部主任，我是编辑部的一员。他是我非常敬重的领导。1958 年以后，我调到了北京幻灯制片厂，离开了人民美术出版社。我和邹雅的最后一次见面是 1973 年的秋天，那天在北京工人体育馆一起参加会议，散会后我俩一起走路回家。他住堂子胡同，我住东四五条，路上他买了两串糖葫芦，我们边吃边聊。到了五条口，我请他到家里坐坐，他说“不了”，我们就此分别。不久后，他带队去阳泉煤矿下井体验生活，不幸因公殉职。

转眼 70 年过去了，我当年 26 岁，现在已经 96 岁了，当年的情景历历在目。那时新中国刚成立，党的事业欣欣向荣，人们朴素热情，那是个令人兴奋的年代！我怀念我的领导、同事和朋友。历史会记住我们的奉献！

李书芹　人民美术出版社原职工

那些童年记忆中的画面

◎苏 刚

2020年秋，在广州美术学院任教的我，与来自北京的人民美术出版社的谭国亮先生、罗曼女士、黎琦女士等“人美高校行”一行欣然相逢，探讨艺术热点，畅谈美育精神……蓦然回首，与人民美术出版社已结缘40余年矣。

我走上美术之路，最初的启发来自童年美术课本的画面。回想起来，课本内容依稀，但封面的画面却记忆犹新，印象最深的是《哪吒闹海》的那一本。

小学毕业时，我知道了那个画出哪吒小英雄的是一位叫张仃的同乡爷爷，美术课本封面截取自首都机场巨幅壁画《哪吒闹海》。再长大些后，我知道了这是人民美术出版社1982年出版的小学美术教材。依稀记得，自己一直珍藏这一册的美术课本好多年，多次翻检自己从前的图书，这一本始终舍不得丢掉。今天想来，不知这印数为千百万册的美术课本都给了哪些孩子一个美术梦，但对我来讲，那幅印在美术教材封面的《哪吒闹海》在一位少年心里播下了一粒艺术的种子。

上了中学，美术教材的开本大了起来，封面上是各种各样的画面。记忆最鲜明的一本有着黄褐色的调子，两个古代文人在那里对晤，当时最吸引我的是那位左手持纸绢、右手托腮握管、似有所悟又陷入沉思的文人，那神情，除了胡须，几乎与我童年好友小志做数学题时的样子一模一样！于是，我在英语课上偷偷画了下来，画名《小志做题二十年》，在小伙伴中传阅，见者无不开怀。

当时我对这幅画还有一个疑问，就是左边那棵松树的样子可真怪！同学们说，那是“歪脖树”，我心想肯定不对，“歪脖树”应该歪得高一些才对，这棵树被人伏在胸下，只能是个“歪腰树”。

后来在教材上陆续看了一些别的古画，我又生出一个疑问，纸都是白色

人美版高中《美术》教材书影

的，怎么这些画都是黄褐色的酱油调子呢？一次美术课上，我特意去问老师。老师说，纸放的时间长了，都会变黄的。我一下子明白了家里书架上有几本书也有些发黄是怎么回事了，心里对美术老师佩服极了，觉得老师真有学问！

在若干年后的大学美术史课上，我知道了这幅画的名字是《文苑图》，画画中的人是五代画家周文矩，内容是唐玄宗时期著名诗人王昌龄任江宁（南唐都城）县丞时，在县衙旁的琉璃堂与诗友们雅集的故事。记得当时让我吃了一惊的是，这幅画不是画在纸上的，而是画在绢上。值得一提的是，每当见到这幅画，我总是想起小志的样子。40年后，世间早已物是人非，我和小志两个不惑之人谈起中学时代的“小志做题二十年”的童年往事，哑然失笑……只有《文苑图》上的形象依然，我心中的一古一今两个人物似乎永远定格在那个瞬间。

一个偶然的机会，我看到了书法《兰亭序》记述的也是一次“雅集”，于是产生了当年美术课本封面上的“雅集”和这一次王羲之的“雅集”是不是一回事的疑问，专门去查了词典，知道了“雅集”源自古代，专指文人雅士吟咏诗文、讨论学问的集会。初以为这就是“赛诗会”加“辩论赛”，但想起《文苑图》的场景，气氛似乎不对，尤其是“吟咏诗文”的散淡悠然与“赛诗会”的激情澎湃、“辩论赛”的唇枪舌剑有点气氛对不上——古人多悠闲啊！继续查找资料，得知了古人创作诗词都是反复吟咏、最后成稿的。难怪与小志的神情那么像，原来都是在搜肠刮肚地找答案啊。

时光荏苒，岁月如梭。博士后出站后，我到了中国出版集团下的一家出版社工作，当得知与人民美术出版社在同一出版集团时，无形中生出了一种久违的亲切感，童年美术课本封面上的两幅画浮现在眼前。现在想来，《哪吒闹海》在一个小小少年心灵里构建了一个勇敢、正直、不惧邪恶的光辉形象，尤其是相仿的少年身躯，身穿红兜肚，手持乾坤圈……现在明白了那就是童年时代理想世界中的自己——上山能伏虎，下海能降龙，绝对的英雄少年。40 年后，英雄没做成，用画笔描绘心中理想倒是做成了。

那本中学时代人美版《美术》教材的封面——《文苑图》，则让一位少年看到了绘画跨越历史时空的典型形象与现实的融合，惊叹于艺术与生活如此亲近，并可以用来表达自己的世界，后来一步一步地追问正是沿着这个典型形象展开文化探索。如果说那幅来自人美社小学美术教材的《哪吒闹海》播下了一颗美术的种子，同样来自人美社的美术教材的《文苑图》则启发了学习方法与不断追问的学习之道。

如果没有人民美术出版社出版的中小学美术教材，无法想象这颗艺术的种子在何时何地植入一个少年的心中，无法想象艺术的种子在何时何地发芽并茁壮成长。

所以，感恩人民美术出版社。

苏刚　任职于广州美术学院

父亲书橱里的“人美”

◎ 孙海燕

暑假里的一天，倩琳问我可不可以写篇文章，讲讲我和人民美术出版社的故事。40岁出头的我站在有70年光辉历史的人美社丰碑前，是那么渺小、普通。人美社的编辑老师里，我只认识倩琳，我似乎只和她有交集。但随着对记忆的持续检索，慢慢地将我带回到了我和人美社最初相识的时空，在一幢砖木老房子的窗边，阳光正透过红色的窗棂洒落在带门的书橱前。

那是我父亲的书橱，小时候看那书橱像大厦一样高，一本本的书严肃地并排站着。有一天，父亲从书橱里找出人民美术出版社出版的《八十七神仙卷》和《簪花仕女图》的白描画册，从自己的纸笔中寻得几样给我布置出了一个画案。渐渐地，我在拷贝临摹白描画的过程中体会到了快乐。

上初中以后，暑假里随父亲学画素描，也翻看了书橱里人民美术出版社出版的徐悲鸿、门采尔、达·芬奇等大师的经典素描画册。高中时因为读美术班，每天回家的作业除了语、史、外、数、理、化，我还要画三张速写。画速写对时间的控制和造型能力都有很高的要求，老师提醒我还是要从临摹开始入门。幸好父亲的书橱里有人民美术出版社出版的叶浅予、黄胄、林风眠等大家的画册，我不仅省了买书的钱，还了解到更多中国画家的艺术成就。

倩琳和我约稿时，我回想起幼儿园时看的杂志叫《美术》，那本杂志上的画给了我最初的艺术史启蒙。我问倩琳：《美术》是人美社的吗？她回答曾经是的。哦，太好了，原来我和人美社有这么多的故事。然后我又去了父母家。虽然早就搬离了老房子，父亲的书橱和书也比当年多了很多，但我还是在新书橱里找到了那些老旧泛黄的画册——小时候拷贝或临摹过的大师经典，它们的封面上大多都印着“人民美术出版社”。

过了几天，倩琳给我寄来了林阳老师写的《北总布胡同32号：人民美术

《美术》杂志封面

出版社的老艺术家们》以及续篇。阅读这两本谈人美社历史的书，我更加确定了我和人美社是有故事的。我在书里看到了小时候看过的宣传画、邮票、连环画，也看到了当年列队摆在父亲的书橱里的书，还看到了那些构成我童年视觉记忆的艺术家们的人生故事。阅读这些朴实生动的记述，人美社老一辈的艺术家们兢兢业业的奉献精神、要求完美的理想主义精神深深地打动了我，尤其看到1951年9月15日人民美术出版社正式成立时，周恩来总理应萨空了社长邀请题写的“人民美术出版社”社名原件的图片，这七个字的形态贯穿了我从幼年到青少年的视觉记忆，它们给我的感觉是那么的熟悉和亲切。我还看到书里写到，周总理题字后对萨空了社长说：“要尽快多出为青少年和劳动人民服务的好书好画，占领文化阵地。”70年后的今天，我寻找到的和人美社的这些故事，印证了周总理的指示一直是人民美术出版社出版不变的宗旨。

近年来，国家对美育工作愈发重视，希望少年儿童从美育中陶冶情操、提高素养。美育是一项全面浸润在生活中的教育理念，仅仅依托学校便会显得单薄。人民美术出版社在70年的历程中所做的工作正是将艺术之美浸润在人民的日常生活中。听倩琳说，人美社制作的《美育》读本9月份就要发行了，他们还在继续编写其他形式的美育书籍，让美走进孩子们的生活。

孙海燕　南京艺术学院副教授

神奇的“小人书”

◎ 项之华

走进沙城一间非遗民艺馆，一排排陈列的连环画让孩子与大人们随意阅读、观赏，这情景令我顿起欢喜之心。这些“小人书”许多是由人民美术出版社的刘继卣、王叔晖等大家创作的，也有不少是由知名画家李成勋、刘旦宅、孟庆江、戴宏海等创作的，琳琅满目，美不胜收。

回忆童年，“小人书”是我生活中重要的精神食粮。“小人书”不仅使我增加了历史人文知识，而且更是我绘画的启蒙门径。

20 世纪六七十年代，人民美术出版社出版的“小人书”，无疑代表着一个时代、一个集体的童年记忆。

《水浒传》书影

看“小人书”，是我儿时的最大爱好，一边读字一边看图，图文结合，意趣无穷。特别是那些精致的画面，更是深深地吸引着我。我惊叹画家匠心独具的构思和绘图，梦想自己能够成为一位连环画画家。那时乡村的孩子，没有什么美术老师指导，只能靠自己的爱好与悟性画画。为此，我常常独自一人坐在小板凳上，津津有味地临摹《三国演义》《水浒传》《岳飞传》等连环画，痴迷于那些生动的人物形象。

“小人书”充满着神奇的魔力，为我开启了五彩缤纷的艺术之旅，也让我的童年生活变得充实而丰富。

作为中国一种古老的民间传统艺术，连环画是文学和绘画的结合体，是我们应该传承的文化财富。但是今天，很多孩子对连环画却知之甚少，甚至连环画创作的年轻接力者也日益稀少，这种现象令人遗憾。复兴连环画的文化传统，就成为我致力于建立以连环画为主题的非遗民艺馆的初心。

民艺馆成立后，成为展示“小人书”的重要文化窗口。为全方位展现连环画艺术，民艺馆开设了临摹体验课堂，为学生阅读与临摹连环画提供了一个重要的文化交流场所，引起了学生与社会各界的兴趣，在温州地区产生了一定的影响。这意味着连环画在今后的传承中有了新的希望。

我平时主要从事工艺美术创作工作，是浙江省非遗“玻璃银光刻”代表性传承人。因网络的兴起，我于 2005 年抱着试试看的心态，第一次参与连环画封面创作，结果受到连友们的赞赏。我顿受鼓舞，心生欢喜，与志同道合的连友成立连环画原创社，共同创作了不少新作品。我从当初临摹人美社出版的“小人书”的孩子成为今天创作连环画的作者，这也无意中实现了我儿时的梦想。

因此因缘，我去年跟人美社结上了真缘。最近几年，我因平时杂事多，无闲暇画画。疫情时宅家，受人美社之邀，创作《中国经典民间传说彩色连环画》中的《猎人海力布》一书。当回味逝去的童年绘画时光时，那种久违感令我很放松、很惬意，还有一些意想不到的收获。这次参与人美社连环画的创作，我用传统白描的连环画艺术语言认真描绘，后出版社对色彩方面进行了与时俱进的创新，根据图像的意味，将黑白图上色，视觉上有了更丰富的审美体验，更适合当代少年儿童阅读。

人美社一直以来都非常重视“小人书”也即连环画的出版。“小人书”，大世界，文图相符，观图读文，读文察图，文图皆美。它作为一种独立的艺术形式，在中国有着上千年的历史，必然有其独特之处。小画面是连环画最鲜明的形象特征，但正因其小，倒显出了连环画的长处，小巧玲珑，便于携带、置放和保管，也便于普及和欣赏。连环画虽小，却可小中见大，它包容着波澜壮阔的历史画卷，展示着古往今来的社会风情，揭示着各个阶层的人生真谛，世界风云、古今历史都能浓缩在小小的巴掌般大的连环画中。孩子们在阅读的过程中，自然而然地会了解中国文化与世界文化，丰富审美情感。

感恩人美社，引领童年时的我走进“小人书”的大世界，更成就了我童年时立志做一位连环画画家的梦想。

让“小人书”走进孩子们的生活，愿更多人爱上连环画，这将是我今后创作连环画的努力方向！

“小人书”童年的美好回忆

◎ 刘大川

回想自己小时候，生活单调得多、枯燥得多，偶尔父亲带我去水库捞捞虾、爬爬山、种种地，还有和同龄小伙伴瞎玩。年与时驰，这些生活现在也都逐渐模糊不清了。一方面，20 世纪 80 年代的偏远农村，刚刚改革开放，人们还比较贫穷，大部分人还为生存整日奔波忙碌，谈不上什么娱乐休闲、文化生活，好多同龄人早早辍学去帮大人下地干活或外出打工；另一方面，自己很内向，一些小伙伴调皮捣蛋、偷瓜摸枣的事不愿去参与，好像剩下的就是日复一日地宅在家里了。

在家时，除了干点家务，剩下的就是无聊。好在我的父亲比较开明，买了为数不多的“小人书”，这在当时的生活条件下，已是非常难得了。一方面，当时我们村绝大多数村民挣点钱都花在吃穿玩上，还没有上升到对精神生活的追求；另一方面，父亲有一定的科学教育的观念，不仅买书，还不厌其烦地给我读这些“小人书”。慢慢地，自己在空余时间也陶醉在“小人书”的世界里，于是这些“小人书”成为我童年生活非常美好的回忆了。

可惜我当时并不明白买书的艰难，即便今天我们家的生活条件远远超过那个时候，买起书来也得精打细算，因为不是一本书有多贵，而是书的种类繁多，累积起来花销实在太大，令人难以承受。当然最好是去图书馆、绘本馆借书，但偏远的农村哪儿会有这些地方，书店也在较远的县城，即使是蹭书看，也是不现实的事情。父亲不允许我带书去学校或借给别人，但我还是如孙悟空向金池长老卖弄袈裟那样，偷偷带着“小人书”去向小伙伴们卖弄，结果有只借不还的，有丢的，有破损的，最后所剩无几，让我觉得无比痛惜。就此，父亲还着实批评了我几次。由于当时还小，好多书都没有了，连名字也记不清了，像《西厢记》《水浒传》等，还依稀有些印象。

《我要读书》书影

但是给我印象最为深刻的是人民美术出版社出版的《我要读书》，虽然薄薄的一小本，但是看了好长时间。每当看到高玉宝怀着强烈的读书愿望，却被保长周长安逼迫去他家放猪时，我就不由得义愤填膺。有一年收割麦子时，我本家的一个太爷说：“累吧？好好念书吧，考上大学分配了工作，整天坐在办公室，就不用晒太阳了，就不用下地干活了。”就是这句话点醒了我，在当时的偏远山区，上学读书也许是改变命运唯一的方式。我的好多小学同学，念了一两年就被迫退学，尤其是女孩子，甚至连小学都不能上。这既是生活条件所迫，也有家长的观念所限。而我，既怀着改变自己命运的强烈意识，也有父亲强而有力的支持，为什么不好好学习呢？每当学习中遇到困难，每每想起求学若渴的高玉宝，困难也就不再是困难了。

不过那时候书还是太少，除了看“小人书”的内容，还看上面的图画，看看人物画得合不合理、环境搭不搭配，有时一不小心还能挑出一两处不合理的地方，心里不由地产生些惋惜的感觉。可惜那时上学没有美术课，偶尔拿些薄纸描一描，可惜又没有鲁迅那样画《荡寇志》和《西游记》各一大本的耐心。还有印象很深的是“人民美术出版社”那几个字，我常常盯着这几个字发呆：为什么这字这么小，又写得这么好？毛笔怎么能写出这么小的字来？这个问题困扰了我好多年。也许这就是真爱吧！大学毕业后，我改行学了书法并将其作为自己的专业、工作，直到今天。有自己的爱好，一直坚持下去，我想这就是学习的真谛吧！

而今，父亲还偶尔拿着绘本给我的孩子读，带着一口浓重的老家口音。看着一个忘情地读、一个陶醉地听，我仿佛回到了 20 多年前。

刘大川　山西大同大学美术学院书法系教师，中国书法家协会会员

一本书给我的启悟

◎王 洋

一本在我中学时代就读到的书，一本让我在借书卡上连续加盖了12个“已还”印章的书……如果说我在美术史论和金石篆刻上学有所好，或者说我最后决定选择美术教育这项事业并为之坚守，就是因为这本书。它让我开悟，开始认知民族文化与外来艺术融合形成的独特美术语言，它教会我如何看待在美术育人中社会文化资源所发挥的重要作用。这本书就是人民美术出版社出版的《龙门石窟艺术》。

《龙门石窟艺术》是著名美术史论学家宫大中先生于1973年至1980年在洛阳龙门文物保管所工作期间，对龙门石窟考察、研究的一部重要专著。其中大部分篇章是在龙门南口文保所简易宿舍里借助煤油灯的微光写就的。为了这本书，1979年1月6日，宫先生在古阳洞校核书稿和图录中一些细节时，不慎从4.8米高的基座上失脚摔下，险些致残。说这本书是用血汗换来的成果，一点不算夸张。1980年，《龙门石窟艺术》一经出版就得到了王子云、刘开渠、阎文儒等著名专家及学界的高度评价，当年就销售一空，国内外广大读者也纷纷致函求书。我当时也是只有在图书馆或资料室才能够借阅到。2002年，该书在人民美术出版社刘汝阳、许征云诸位先生的关心下增订再版，我也终于得到了一本属于自己的《龙门石窟艺术》。

刚参加工作时，我曾经认为美术教学“上好课”就是完成任务，从来没有想过地方特色美术课程开发的可能。而《龙门石窟艺术》这本书告诉我，没有什么社会文化资源是不能作为美术课程资源的！担任美术教研工作以来，结合人美版中小学《美术》教材在洛阳市的使用，我指导各中小学以《龙门石窟艺术》为纲，充分利用历史文化资源，发挥美术学科育人功能，在构建具有地域特色的中小学美术课程方面做出了一些有益的探索。

《龙门石窟艺术》以很大篇幅介绍了龙门石窟的浮雕壁画。部分学校以此开发的“龙门石窟浮雕壁画艺术课程”通过重点对宾阳中洞浮雕壁画人物衣冠发式、伞盖羽葆、仪仗图形等视觉符号的观看，识别孝文帝、文昭皇后与诸王、贵妇、中官、宫女、武士等人物形象，让学生联系孝文帝推行汉化政策等相关历史知识，从人物的造型特征、雕刻石质材料硬度、浮雕艺术的表现技法、民族融合的服饰风格以及中国古代人物浮雕艺术的发展脉络等方面解读古代美术作品所传达的信息，从而辨析现实生活中的视觉文化现象，培养图像识读能力。

石刻雕塑是《龙门石窟艺术》一书的重点内容，部分学校以此开发的“龙门造像石刻雕塑艺术课程”重点围绕《龙门石窟艺术》对雕塑美术语言的论述展开，使中小学生通过学习，形成空间意识和造型意识，引导学生观察龙门造像石刻雕塑人物造型，结合非物质文化遗产肖形印篆刻技艺发挥想象，巧妙构思和刀与石的表现，创造有意味的石刻肖形印视觉形象，表达自己的意图、思想和情感，从而提高美术表现水平。

“龙门石窟石刻建筑艺术课程”让学生在《龙门石窟艺术》书中查阅相关内容，通过感受龙门石窟不同时期的窟龛石刻仿木结构建筑，将课内美术教育和课外乡土美术资源有效衔接，分析理解在中国传统建筑的基础上吸收融合外来的因素，创造出来的特有的北魏建筑风格，指导学生对建筑的功能、结构和周边环境进行符合实用功能与审美要求的创意构想，从而尊重学生的想象力，培养学生适应时代的创新能力。

龙门石窟保存了历代题记2800余品，计30余万字，被世人称为“伊阙摩崖碑林”。“龙门石窟题记书法艺术课程”通过《龙门石窟艺术》相关内容，指导学生发现《龙门二十品》中沉着厚重、气势雄浑的书法风格特征，从而体会中国书法特有的抽象凝练、超逸峭劲之美，认识书法作为中华优秀传统艺术的文化内涵及独特魅力，从文化的角度观察和理解美术作品、美术现象和观念，从而进一步坚守中华文化立场，坚定文化自信，加深文化理解。

美术是运用一定的媒材及技术表现人的需求、想象、情感和思想的艺术活动，其根本任务是立德树人、以美育人。《龙门石窟艺术》为我们充分利用地方美术社会文化资源开展美术教育教学活动提供了关键指导。82 岁的宫大中先生一直有个愿望，那就是再次增订出版《龙门石窟艺术》，用更全面的内容、更丰富的图片、更深刻的理解，让更多的读者了解龙门石窟。真心希望早日捧读新版的《龙门石窟艺术》，从书中寻找更多拓展美育教育空间和丰富美术课思想文化内涵的答案。

《龙门石窟艺术》封面

王洋 洛阳市教育局中小学教研室美术学科教研员，中国教育学会书法教育专业委员会第五、六届理事，人民美术出版社教材培训专家

《连环画报》给予我不一样的人生体验

◎吴 彦

我从小就喜欢“小人书”，记事后在地摊上花几分钱看“小人书”是经常的事。10岁那年，在街上的一家“小人书”店看到一本《连环画报》，那封面、彩页、活灵活现的人物故事让我着迷。我平生做了件不光彩的事，将那本《连环画报》偷回家，忐忑几天后，才在夜深人静的时候拿出来欣赏，没想到还是让爸爸逮了个正着。爸爸严厉斥责了我的不端行为，并让我按照他的指令将偷来的《连环画报》送回去。在“小人书”店，我将《连环画报》还给胖大妈时，她没有任何责怪，还将《连环画报》塞回我的手里，笑着说：“小伙子这么爱画画，指不定将来会出息成一位大画家呢。”

看着胖大妈充满期待的眼神和熠熠生辉的《连环画报》，我暗自下决心，一定要成为有出息的画家。

良言即动力。我从临摹《连环画报》开始，用透明纸覆刻，一遍不行两遍，后来我干脆不摹了，照着画，十遍八遍过后便有了模样。再后来，我用捡废品换来的钱买来《八大锤》《西游记》《山乡巨变》和《铁道游击队》等“小人书”，当作范本临了十几遍。有一次，我到爸爸的工作单位去玩，门卫石大爷给我一大把粉笔让我画画。我没有推辞，一口气将《连环画报》上刘继卣的《西游记》搬到水泥墙上，“大闹天宫”“三打白骨精”“红孩儿”等画面画了30多米，引来一片喝彩声。

中学时，县里举办美术班，大家画素描、中国画、油画和水彩，没有人看得起我的连环画。学习结束时，同学们使出浑身解数表现自己，而我选了《连环画报》上的一组儿童人物画《我们爱科学》认真临摹，并加了点淡彩，清新明快的风格受到指导老师的好评。中学毕业，随着上山下乡的大潮，我来到广阔天地。我用艰苦劳动挣来的微薄薪水订《连环画报》和关于连环画创作

《山乡巨变》内文

的书籍，在劳动之余揣摩《连环画报》上的画作，挑出精品来练笔。我订的《连环画报》成了知青们枯燥生活的念想。每期《连环画报》到来，大家争相阅读，意想不到的是，十天半月后，《连环画报》传回来仍崭新如初，可见人们对《连环画报》的珍爱。

时光飞逝，从中学后的知青生活、农村返城工作、参加成人高考到去医院工作、创业，直至 2016 年我退休离岗，连环画创作一直在继续，《廉石的故事》《浴血龙江》《故乡的红色历程》《四姨的爱情故事》《从延安到北安》等相继出版。因为在连环画创作中坚持不懈的努力，我被黑河市评定为市级非物质文化遗产“北安连环画”唯一传承人。

2020 年注定是个不平凡的历史时期，举国上下投入抗击新冠肺炎疫情的行动中。我创作的连环画《一家三口的抗疫路》刊登在《连环画报》第 3 期上，之后入选“黑龙江省美术家协会战疫抗疫主题展览”。同年，创作的连环画《雪花城的传说》刊登在《连环画报》第 9 期上。

笔者珍藏的部分连环画

2021 年，中国共产党百年华诞，我创作了长篇连环画《中流砥柱》，献上了一份厚礼。刚刚参加中国共产党百年华诞庆典，我们又迎来人民美术出版社建社 70 周年。

从相见相知到互相提携互勉，《连环画报》不仅是我的良师益友，而且是我生命的一部分。我订阅《连环画报》已经 48 年，每期《连环画报》翩然而至，我都像第一次和心上人相会时那么急切和欣然。

试想，《连环画报》，一种普及性艺术刊物，让数亿人民痴迷几十年，让数以千计的艺术家梦寐追求，为之创作奋斗。小刊物涵养数以百计的大艺术家，坚持传统、不断创新，历 70 年而不衰，在经济大潮风起云涌、媒体发展日新月异的今天，仍有千万粉丝为之倾倒。

在这美好的日子里，让我们为《连环画报》、为编辑出版《连环画报》付出辛勤劳动的人们点赞、祝福！

连环画，一个时代的深刻记忆

◎ 李文秋

新中国成立初期，中国美术界对旧绘画的改造首先从最受大众欢迎的连环画、年画入手。这种改造主要是一种“大众化”改造。1949 年 11 月 26 日，文化部公布了《关于开展新年画工作的指示》。在新年画创作中，开始出现了年画、连环画这种新的形式，由于价格的低廉和普及，广大城市和农村家庭大多会张贴。从很大程度上讲，年画、连环画的创作和出版主要是以人民美术出版社为先导的。人民美术出版社在新中国成立初期的连环画改造中起到了十分重要的作用，可以说是排头兵和领头羊。笔者认为其功绩或贡献主要包括如下几个方面。

首先，最早成立专门出版连环画的出版社，创办相关报刊，使连环画的改造、创作和出版达到一个空前的高峰。

姜维朴先生回忆：“1949 年 12 月，毛泽东同志专门找到中宣部副部长、文化部副部长、党组书记周扬，指示说：‘连环画不仅小孩看，大人也喜欢看，文盲看，有知识的人也要看，你们是不是搞一个出版社，出版一批新连环画，把那些宣传神怪、武侠、迷信的旧连环画去掉。’”紧接着，《人民日报》于1949 年 12 月 30 日刊登了新华社 12 月 29 日来电：“以编印新的连环画图画（亦称小人书）为主要工作的大众图画出版社，已于日前成立。连环图画销行甚广，对于儿童和部分不识字的成人影响甚大。如何以合乎人民利益的新内容，代替现有许多连环画图画中含有毒素的旧内容，成了一个严重的问题。中央人民政府文化部日前协同出版总署就这个问题进行商讨，并筹备组织了大众图画出版社。”该社对新中国成立初期连环画的创作、出版和宣传教育发挥了难以替代的重要作用。大众图画出版社实际上就是人民美术出版社的前身。

1951 年 5 月 6 日，《人民日报》又发表了题为《严正处理旧连环图画问题》

《三国演义》盒装书影

的文章，指出各地“小人书”摊上出现的封建、色情、迷信的旧连环图画对儿童以及文化程度较低的成年群众的腐蚀与毒害问题，要求改善并加强连环画的编绘出版，改造连环画书摊工作，至此改造旧连环画的工作进一步推动。1951 年 5 月 20 日，周扬在政务院第八十一次会议上作题为《一九五〇年全国文化艺术工作报告与一九五一年计划要点》的报告，在说到美术方面时，提出：“发展新连环图画与新年画，改革旧有连环图画与旧年画，这是美术工作方面的重点。”1951 年 9 月，全国第一家中央直属的美术专业出版社——人民美术出版社成立，随后大众图画出版社并入人美社。

1951 年，人民美术出版社在社长萨空了、总编辑朱丹的主持下，创办了《连环画报》(半月刊)，从创刊号开始连载刘继卣反映抗美援朝的连环画《生死缘》。

1953 年 1 月，姜维朴先生从上海调到北京，任人民美术出版社新组建的连环画册编辑室负责人。1953 年春，人民美术出版社正式成立连环画册编辑室。在老一辈“人美人”中，姜维朴先生对新中国连环画事业做出了巨大的贡献，我们称他为新中国连环画事业的奠基人和开拓者，是符合客观实际的。

新中国成立初期，在以姜维朴先生为首的“人美人”的共同努力下，在以人民美术出版社为行业龙头、全国各大出版社的共同协作下，全国连环画的出版种类繁多，内容丰富，印刷量急剧增大，使连环画得到了彻底的改造，成为当时中国人民最喜欢的画种。“1951 年，全国出版连环画册 1840 多种，总印数为 1945 多万册。至 1957 年全国共出版连环画 2200 多种，总印数达 1.06 亿册。1951 年至 1956 年全国累计出版过万种，印数达 2.6 亿多册。一时间，新连环画被称作‘解放书’。”1954 年，江丰在《美术工作的重大发展》一文中指出：“一直在人民群众中广泛流传的连续故事画，现在已得到彻底的改造，产生了大批新内容的作品。这些作品，已成了一种向群众进行宣传教育并且最受群众欢迎的通俗读物。”另有数据表明，1949 年至 1962 年，全国各美术出版社共出版了 12700 余种连环画，发行量达 5 亿 6000 多万册。

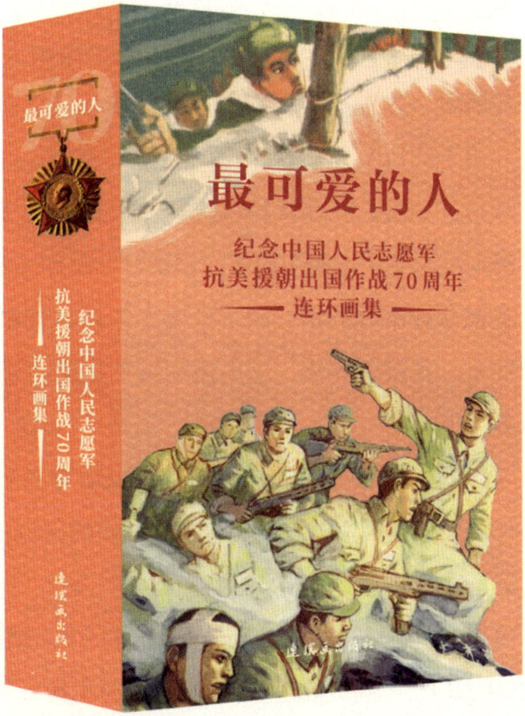

《最可爱的人》盒装书影

其次，培养连环画名

家，精品迭出，屡获大奖，组织连环画展览，使连环画坐进“艺术之宫”。

连环画《劳动模范游园大会》

人美社建社不久即建立了连环画创作队伍，主要有徐燕孙、刘继卣、任率英、墨浪、卜孝怀、王叔晖等重要画家。人美社给他们配以良好的创作环境和待遇，使他们积极参与连环画创作，从而经典作品层出不穷并屡获大奖。比如刘继卣的《鸡毛信》《穷棒子扭转乾坤》《武松打虎》《东郭先生》《大闹天宫》、王叔晖的《西厢记》《生死牌》等作品都成了经典。1954 年，中国人民保卫儿童全国委员会举办了四年来全国儿童文艺创作评奖，刘继卣的连环画《鸡毛信》获得了美术方面的一等奖。

1954 年 9 月 25 日，中国美术家协会和人民美术出版社为了促进连环画创作的进一步发展和提高，在北京举办了“连环画原作展览会”，这是连环画开始走向展示艺术的开始。1955 年 3 月，“第二届全国美术作品展”在北京举行，刘继卣的《武松打虎》、王叔晖的《西厢记》《孔雀东南飞》等作品出现展览会上，也引起了广泛关注。5 月，刘继卣的《武松打虎》参加在波兰首都华沙举办的第五届“世界青年与学生和平友好联欢节”国际美术竞赛和展览，并获三等奖。这里需要特别强调的是，连环画自此出现在全国和国际美展上。

1963 年 12 月 26 日，中国美术家协会在中国美术馆举行了“全国连环画创作评奖授奖大会”，人美画家刘继卣的《穷棒子扭转乾坤》、王叔晖的《西厢记》获得绘画一等奖，任率英等 14 人获“连环画工作劳动奖”。这次评奖不仅是美术界的一桩大事，也是我国文化活动中有开创意义的事情。1965 年 12 月 25 日，党和国家领导人周恩来、朱德、邓小平等同志在人民大会堂接见文化部年画、连环画出版会议代表团成员，姜维朴先生作为连环画界代表参加接见。

上述展览和国家领导人的重视，可以说真正实现了鲁迅先生提出的“连环

《苏加诺藏画集》书影

图画不但可以成为艺术，并且已经坐在‘艺术之宫’的里面了”的遗愿。

再次，把连环画文学脚本提高到了前所未有的高度。

在新中国成立初期的连环画改造中，连环画脚本被空前重视，得益于人民美术出版社，更重要的是得益于姜维朴先生的大力倡导。“这期间编创出版的连环画作品，较之旧连环画，根本的变化是思想内容的积极健康，富有革命教育意义。文学脚本开始被提到重要地位，创作中必须先有脚本（或提纲），脚本主要根据文学作品和戏剧、电影等改编，也有少量是创作的。旧连环画那种由画家随编随画的做法已被取消，这是连环画的一大改革。”文学脚本的独立编创具有十分重要的意义，这是新中国成立之初连环画“大众化”改造的一个具有变革意义的重要成果。这对于连环画的大众教育和文化宣传功

能的强化与凸显起到了重要作用。

综上所述，人民美术出版社对新中国成立初期连环画的改造和发展功不可没。所有的努力和付出都使得中国连环画以焕然一新的面貌屹立于中华民族的艺术之林，成为一个时代的深刻记忆。

李文秋　中国国家博物馆书画研究所研究馆员、中国人民大学徐悲鸿艺术研究院特聘研究员、中国美术家协会会员，曾任《连环画艺术》副主编

第六章 共赢

因美结缘

◎ 徐登权

有人说："好看的皮囊千篇一律，有趣的灵魂万里挑一。"

结缘于人美社的一场活动，我终于感受到了什么才是美育的灵魂，也因为这场活动，也感受到了人美社的精神。

2018 年 10 月 10 日，由人民美术出版社主办的"人美雅集暨《书法教育》全国工作会"在重庆市九龙坡区举行。重庆五洲世纪文化产业投资集团作为承办单位见证了本次盛会，也有幸结识了以八大美院为代表的高校书法教育专家、一线教学研究专家以及以故宫博物院为代表的文博专家、学者。在这些大家身上，我深深感受到了美术的魅力。

作为中国美术出版行业的领头羊，70 岁的人美社将无数优秀的专家学者融合在一起，以学术的视角，结合艺术的特性，将内容和形式进行有机结合，

人美雅集暨《书法教育》全国工作会

人美美育学堂前台

开创了美术创作新时代，同时将美术与出版相融合，讲好中国故事，出版了广大群众喜闻乐见的精品读物及大中小学生教材。

近年来，习近平总书记多次对美育工作做出重要指示并多次强调：“美术教育是美育的重要组成部分，对塑造美好心灵具有重要作用。”美育已上升为国家战略。人美社也在周社长的带领下，不忘初心，牢记使命，立足新美育时代大背景，充分利用社内资源优势，推出适合当下中小学生的系列原创图书，既弘扬中华优秀传统文化和社会主义核心价值观，又紧扣课本、必读书目，对孩子们进行极有针对性的指导。重庆五洲也有幸加入了《美育》教材发行推广大军，与人美社一起为“走进人民美育新时代”贡献力量。

初心未改赤子情，青春激越中国梦，时逢人美社成立70周年之际，谨以此文祝愿人美社蓬勃发展、日胜一日，用精品出版物教育和感动更多的人！

徐登权　重庆五洲世纪文化产业集团董事长

以经典致敬岁月

◎ 庞仕慧　崔丽丽

《中国美术全集》、《中国历代绘画——故宫博物院藏画集》、“大红袍”系列画册、《中国美术百科全书》、《中国碑刻全集》和大量以提高人民艺术素质为宗旨的优秀美术教材、美术期刊、少儿读物、连环画册……这些伴随着新中国一起成长的图书、期刊，都与一个有着悠久、辉煌发展历史且历久弥新的名字密切相关，那就是人民美术出版社。

筚路蓝缕，岁月悠悠，回望70年来那些人那些事，人民美术出版社以“中正大雅，朴真至美”的人文精神，影响着一代又一代的人美人和读者。

作为经销商，我们一肩挑两头，一头是出版社，一头是读者。华安九州与人美社结缘于2019年初。倾慕于人美社多年来在出版领域良好的口碑及在美术书籍方面优质、专业、齐全的品类优势，华安九州与人美社一见如故，当年3月即达成了初步合作意向。与人美社的初步合作极大地丰富了华安九州

《中国历代绘画——故宫博物院藏画集》书影

的书籍种类，弥补了美术类专业书籍方面的缺失，大大填补了公司在中国画技法、名家画集方面的空白。2020 年是华安九州与人美社展开更进一步深度合作的一年，双方多次共同探讨美术专业品类资源及适宜品种，诚意协商销售政策，并为长期合作作出长远规划。2021 年，华安九州与人美社合作更近一步。2021 年，人美社专业、优质新品层出不穷，《芥子园画传》《齐白石画集》《陆俨少课徒画稿》《任伯年小品绘画》等月销屡创新高，“中国历代书法名家作品集字”系列（20 余册），设计精美，受人喜爱，销售火爆。

在未来，华安九州将与人美社一路同行，精诚合作，积极参与互联网电商平台重点线上营销活动，巩固渠道资源，拓展合作方式，积极转型新媒体营销，借助微信公众号、抖音快手等新型网络营销渠道，加强对新书及重点品的宣传与推广，落实“一书一策”，持续发挥融媒体在营销推广方面的龙头作用，实现多平台、多渠道合作。

整合美联体出版社资源，建立产品联动，打造循环生态圈，跳出店铺与店铺竞争，全平台多媒体铺货，集中营销……这是华安九州与人美社深度合作

2021 年连环画营销活动现场

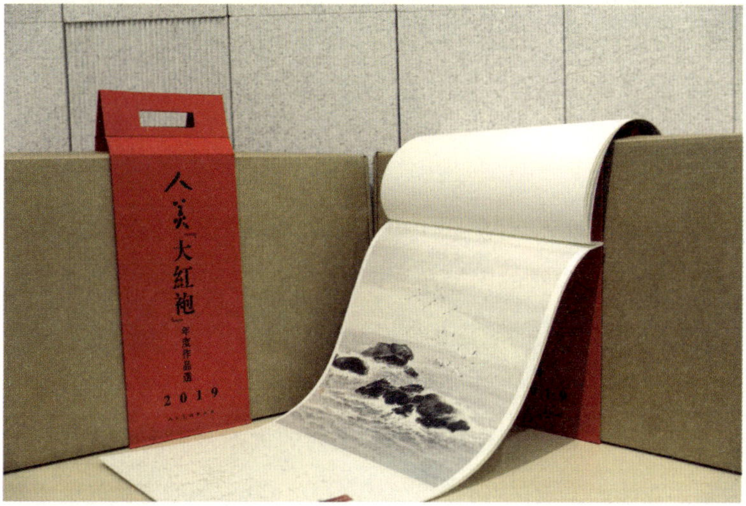

“大红袍”年度作品选挂历

多年的销售默契。人美社让每本书都体现价值，以经典致敬岁月，让美术有温度地绽放在每个角落。

庞仕慧　崔丽丽　华安九州（北京）国际教育科技有限公司

爱上人美的教材

◎ 蔡笑梅

2000年初，我在教材中心工作期间，第一次接触到租型的人美版中小学美术教材，它鲜艳的色彩、丰富的内容在众多教材中脱颖而出，精美的配图吸引我的眼球，令我爱不释手的同时也非常羡慕美术课上有教材的孩子。

1975年，我上小学时还没有美术教科书，还记得一年级的第一节美术课上，美术教师用粉笔在黑板上画了一个白色的光芒四射的太阳，家庭作业就是用红色的蜡笔把太阳画在图画本上，美的启蒙就以这样色彩单调的方式完成了。（当时人民美术出版社还没有出版美术教材，1978年受教育部委托，出版了新中国成立后第一套小学美术教科书。）

我在教材中心负责租型版本管理工作时，每季教材印制结束后都要将型版从印厂收回到出版科统一管理。每当查验到人美版美术教材时，我是既开心又紧张，开心的是我可以近距离欣赏印装精美的美术教材，紧张的是骑马钉教材和胶钉教材页码排序不同，一个印张二面八色，遇到不负责任的印刷厂，软片不按顺序返还，八张胶片很难对应到一个印张上，需要反复查对样书才

人美版义务教育阶段美术教材

《美育》读本书影

能排齐顺序。这些工作经历是人美版美术教材给我的最初记忆。集团成立后，人美版教材交给集团直属黑龙江美术出版社租型，印装精美的美术教材淡出了我的视野，转化成一组组数字跳跃在我的占用率统计表中继续陪伴我。

2021 年初，人民美术出版社副总经理黄宗亮来黑龙江出版传媒股份有限公司回访，他带来了新出版的《美育》读本，人美版教材再一次以华丽的身姿来到我的身边：春意盎然的纸鸢、简洁精美的青花、绚烂神秘的敦煌……一组组话题将美的细节娓娓道来，一段段真情把美的内涵细细述说，中华优秀传统文化跃然纸上！

大美龙江，不乏自然之美；沃沃黑土，孕育共和国的情怀。黑龙江地处祖国边疆，黑龙江学子迫切需要审美升华，渴望将中华民族优秀的传统美融入课堂教学中，黑龙江出版传媒股份有限公司也渴望将人美书香和精细服务送进校园。2021 年 9 月，正值人民美术出版社 70 华诞，也是黑龙江学子使用《美育》读本的第一个学期，借此机会，感谢人民美术出版社始终行进在“美”的道路上，普及“美”、传播“美”、培育“美”、提升“美”、示范“美”。黑龙江出版传媒股份有限公司也将一如既往地立志于将人美魅力呈现于更多中小学师生面前。未来可期，祝愿人民美术出版社厚积薄发，行稳致远！

蔡笑梅　黑龙江出版集团教材中心副总经理

开拓图书市场的“复兴号”

◎ 戴 宏

9 月，在这个特殊的秋天，人民美术出版社迎来了 70 岁的生日。

70 年，历史的一瞬间；70 年，风雨兼程；70 年，打造出了新中国专业美术出版社的辉煌，出版的精品图书更是不胜枚举。在此祝贺人民美术出版社生日快乐！

回首相识 12 载，不由心中万般感慨。今天，就来讲一讲我们之间的故事。

2010 年，出版渠道电商迅速崛起，我们同样搭乘上了这班犹如“复兴”号一样的列车，就此携手并进，开启了新的征程。一路上，无数美景映入眼帘，亦有万般诱惑阻挡在前。行业对产品的竞价，同行对渠道的挖撬，最终你我本着“不忘初心，方得始终”的态度，战胜了所有的羁绊，安稳地屹立在行业的前沿。

2015 年，我们又携手迈向新兴媒体。在很多人都不看好的时候，我们做了第一个吃螃蟹的人。制定战略，规划布局，了解市场，谱写了又一个新的篇章。

《非凡百年奋斗路》书影

《永恒的初心》书影

旅途的过程虽有苦味，但结果却很香甜。这不仅是对未知市场的勇敢尝试，也是为出版行业迈出了新的步伐，如愿看到未来可期。

随后的 2016 年至 2019 年，渠道变化之快，行业变化之大，是我们不能估量的，但我们做到了尝试、创新、不骄不躁和稳扎稳打。在接下来的日子里，更是有着不胜枚举的经典案例。这些都离不开我们对彼此的信任与支持，那是花多少时间与金钱都换不来的。人美就像一位老大哥，站在我的身后，为我加油鼓劲。

2020 年，新冠肺炎疫情暴发，可谓是家家惆怅日日难。我们一起聊着往昔的渠道，看着眼下的情况确实艰难，但大家从未气馁，而是勇往直前。你我再次瞄准了短视频行业，在出版社的会议室里，我们围绕选题各抒己见，在每个编辑细节的辩论中找到最佳方案，只为给孩子提供一套好看的连环画。在无数次和发行、编辑的碰撞中，“一看就懂的连环画系列”横空出世。从选题策划、编辑制作、包装设计、印刷出版一气呵成，最后能够在众多产品中脱颖而出，离不开我们一起的努力和坚持。市场一片好评，读者异常热爱，这就是对产品的认可。成功绝非偶然，每一段文字，每一幅图画，每一个工艺，无不流露出兢兢业业的工作态度。新篇章、新征程，你我的故事仍在继续，情谊已然无价，我们都在成长亦在努力，也会越来越好。

值此建社 70 周年之际，祝人美社蒸蒸日上，再创辉煌！

戴宏　任职于北京尚左志远文化传播有限公司

以书会友　合作共赢

◎李　晴

我是集团成员单位新华互联电子商务有限责任公司的一名员工，2020年10月起与人民美术出版社针对“学习强国”平台“强国城”的重点品推荐及活动图书上架工作展开合作。经过不到一年的时间，我关注并了解到了人美社各个出版领域的图书产品，包括名家画册、经典碑帖、艺术普及读物、专业艺术理论、连环画、少儿绘本等，从中深深体会到了人美社作为美术出版领域的“国家队”，其出版范围的广泛、作者资源的强大、出版水平的专业。通过与人美社的相关业务负责人员的沟通合作，我们不仅在业务上获得了显著的成绩，而且更在彼此学习、共同创新的过程中，提升了个人业务的专业度与知识储备，与此同时也收获了珍贵的友谊。

我和人美社的同事每月都会针对“学习强国”平台“强国城”的重点品及活动上书的销售量进行分析总结，逐步了解平台用户特征、喜好，结合人美社产品特性，有针对性地制定下一步的合作计划，同时，对人美社每月销量进行整体分析总结，保持优势的同时，将重点放在不足上，提出相应的产品提报措施。后台数据显示，截至目前，人美社的几套重点上架图书在销售上都取得了不小的成绩，例如《名家名绘连环画·三国演义故事》销售2100套，《大画家给孩子的中国节日故事》销售700套，《中国绘本彩色连环画故事系列》销售700套，大字大图连环画《红色经典故事》销售600套，“经典小楷初学者套装”销售600套，《最美中国画100》（全三本）销售300套。

2021年初，受人美社的邀请，我与单位相关业务同事来到社里进行了深入的合作洽谈。在洽谈中，我了解到了人美社的重点品出版计划，其中比较有代表性的就是计划在春节上市的《大画家给孩子的中国节日故事》一书。这套产品中不仅有名家绘画的12册中国传统节日故事绘本，套装中还附赠了

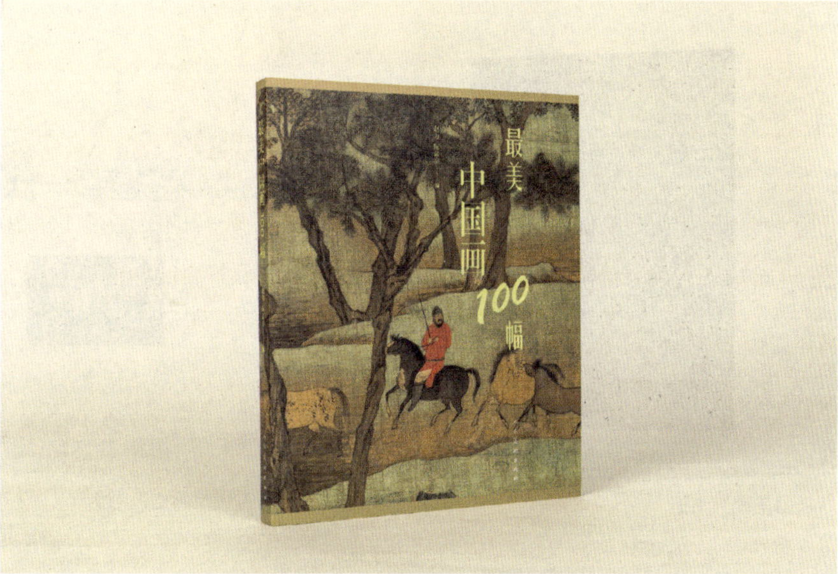

《最美中国画 100 幅》书影

喜庆的“春”字挂件、书法名家书写的五福贴、涂色门神贴纸、DIY 月历等，产品不仅多元化地呈现了中国优秀传统文化，还非常符合春节的节日气氛。这类套装礼盒出版物也是“学习强国”平台受众最为喜爱的产品类型之一。会后，我第一时间与平台取得联系，商定了该产品上市初期的独家合作，人美社也在独家定制形式及发货处理上给予了极大支持，不仅为平台增加了流量，更通过合作宣传了两家品牌，取得了较大的销售成果。

2021 年 6 月，我与人美社的同事在沟通中达成了打造多品类、多形式、深度合作的共识，例如将文创、图书周边、联名等产品向“学习强国”平台报选，逐步实现成体量的合作。“经典小楷初学者套装”应运而生，这套产品包括《古代名家小楷》经典必临篇目 3 册（王羲之和王献之小楷、《灵飞经》、赵孟頫《道德经》），以及“人美”限定紫檀小楷书法毛笔 1 支，总价值 175 元，针对广大书法爱好者及小楷初学者。产品报送之初，人美社美术营销中心以及新媒体公司分别将他们的出版物与文创产品相结合，我们三方进行多次沟通，

《楷书王国》书影

《极简古代绘画史》书影

对字帖选品进行调整，对销售价格进行科学核算，对产品进行专业拍摄并制作成优质的图文展示内容，产品得到了“学习强国”平台运营人员的高度认可，并为其提供重点推广位，上线两个月就取得了较好的销售成绩。

与人美社的合作在保证强国书城销售的同时，双方也很重视新华互联网上商城的宣传与推广，合作开展了名家作者直播活动以及新书线下分享会（北京城市书房）等活动。与人美社的合作还将继续，今后将共同开发更受读者欢迎、更有价值的产品，探寻更有趣、更多元的推广活动，力求取得更大的成绩！

李晴　任职于新华互联电子商务有限责任公司

桂花的馨香

◎ 江雪峰

9 月对北方人来说少了夏日的浮躁，初秋的微风使人觉得舒适。北方没有桂花树，我只在杭州见过一次桂花飘落满地的样子，那份馨香一直留在我的记忆里。人民美术出版社在 2021 年 9 月迎来了 70 岁华诞，我在这金秋 9 月硕果累累的季节，由衷地祝福人美社生日快乐。我觉得 9 月这秋高气爽的天气和那份桂花的馨香与人美社的气质十分契合。人美社的老师们传承艺术优良传统，踏实而不浮躁，逐字逐句逐篇地雕琢着每一段文字、每一幅画，他们对美、对精品有着执着的坚持和追求，不忘初心，坚持把每一本书都做成能滋养读者心灵的精品。“暗淡轻黄体性柔，情疏迹远只香留。何须浅碧深红色，自是花中第一流。”这首诗用在人美社的老师们身上实在再贴切不过了，他们是真正做书的人。

我是一名人美社的“80 后”读者，小学最喜欢上美术课，直到长大了才知道美术课本是由人民美术出版社出版的。现在回想起来，当时美术课本上可爱的蜡笔画、红红的剪纸图样、各色的废物利用手工、多彩的水彩画，对一个小朋友的美术启蒙乃至他今后对美的认知都是至关重要的。令我印象最为深刻的小人书就是人美版的《水浒传》了。小时候放暑假，兄弟姐妹们都聚在奶奶家的平房里吵着闹着，表哥有一套《水浒传》的小人书，我们抢着看，不一定哪册图画书上面会有我油笔的签名、弟弟的西瓜汁，或者姐姐照着描的人物画，撕坏的书页用透明胶粘上。这是我第一次接触《水浒传》，那些英雄的形象在我脑海中留下深刻烙印。我当时超喜欢鲁智深，回想起来那时看《水浒传》的情景，现在也会感到满满的温暖和幸福。

我现在是一名图书采购员，也是出版社与读者沟通的桥梁和纽带。每年北京图书订货会，我都会去人美社和连环画出版社的展柜前浏览当年新出的书，

《第十一届全国美术作品展览》书影

每次图书营销中心韩朝阳老师都会耐心和细心地给我介绍新书、重点图书以及适合的读者群体。这两年受到疫情影响，我们作为一家实体店销售量有所下降，但是人美社的老师们还是对我们店一如既往地关心和支持着，我们从心底能感受到人美人的温暖，这份温暖我们只能以更好的服务来回报。我在店面的时候看见过读者一口气买下 10 套《岳飞传》，我帮他拿到收款处，问他为什么买这么多。他说因为自己喜欢连环画，送给亲戚朋友家的小朋友当作节日礼物，让他们了解中国传统文化不是很好嘛！节假日也常有小朋友来书店席地而坐，拿起一本《大闹天宫》的故事读得津津有味。我们店面邻近大学，常有大学生来店里选购人美社的教材、技法类的图书，我也力所能及地为他们做好介绍服务。旁边老年大学的年长读者也常来选字帖、画谱，我就介绍人美社的字帖给他们，让他们用着舒心。

人美社不忘初心、砥砺前行，经过 70 年发展，既有大量的艺术欣赏、技法类图书，也有大家喜闻乐见的连环画和绘本。人美社既是见证者也是记录者，见证了新中国美术事业从无到有，记录了新中国的发展和腾飞，人美社出的

《永远的三峡》书影

《国家重大历史题材美术创作工程》书影

书正浇灌着一代又一代读者的心灵。作为一名采购员，能成为人美社与读者之间的纽带，我倍感荣幸。希望人美社继续坚持独具特色的出版品位，传承优良传统，给美术出版注入新鲜活力，在今后的出版征途中再谱新篇，我愿与您并肩前行。

江雪峰　学府书店职工

报刊亭与“小人书”

◎ 胡杰蕊

爸爸的书架上有很多“小人书”，《红色娘子军》《水浒传》《西游记》……小时候，我经常吵着让他给我们读这些连环画作品，还不时招呼三五个小伙伴围坐在一起，他边读，我们边看，看得听得那叫津津有味。可以说，过去很长一段时间里，我们对传统文化的认知都始于“小人书”里的故事。它带我们走入一个丰富多彩的世界。

大概是2013年，因为工作的关系，我有幸结识了人民美术出版社的高主任，真是有种相见恨晚的感觉。我们两位连环画的“真爱粉”在谈到连环画作品时都是滔滔不绝，并且一致认为连环画艺术在新时期必然重新焕发光彩，再次复兴繁荣！这也就有了人民美术出版社和邮政报刊亭后来的合作。在报刊亭推出什么作品？定价多少钱合适？以什么形式在报刊亭进行展示？围绕这些，我们双方多次深入研讨。立足首都文化中心定位，选品既要是大家耳熟能详的文学作品，又要弘扬国家主旋律，题材要涵盖古今中外。双方经过多次碰撞，最终在海量的连环画作品中筛选出《杨家将故事》《水浒传故事》《红色经典故事》《外国经典文学》《中国古代故事》五个系列的连环画作品，选择经典版进行“老版新印”。为了使产品能更好地展示、引起大家的共鸣，在包装形式上，创造性地采取了五连袋的方式在报刊亭指定区域进行悬挂展示。每套五册、定价十几元的亲民价格，使这些产品一经上市便被抢购一空。随着这套书在北京报刊亭的热销，两家单位趁热打铁，将连环画推广到了全国邮政发行系统，相继在江苏、广东、湖南等地报刊零售网点与读者见面。

如大家所见，这些具有“中国特色、中国风格、中国气派”，集绘画艺术、文学艺术于一身的连环画作品，不仅是中华优秀传统文化的重要组成部分，也是传承中华优秀传统文化的重要载体。它图文并茂、形象生动、通俗易懂，

《孔雀东南飞》封面

且深受广大人民喜爱。我们相信，“小人书”里的大情怀，一定能够被更多的读者珍藏于心，使他们从连环画作品中汲取更多的养分和力量。

值此人民美术出版社 70 周年华诞之际，献上最真挚的祝福：愿人民美术出版社在建设社会主义文化强国、增强国家文化软实力、实现中华民族伟大复兴中国梦的伟大事业中焕发更加璀璨的光芒！

胡杰蕊　任职于北京市报刊零售有限公司

第七章 传承

追寻父亲的梦

◎ 耿春霞

得知人民美术出版社70岁生日，我很是欢喜，执笔思忆。70年的人美视界里，透着五彩斑斓的光辉，有人，有事，有远方。回忆慢慢袭来，我看见了父亲的背影，那个40年如一日，深耕于古籍保护的父亲。

“《瑞鹤图》，是宋徽宗亲眼看到群鹤飞翔于宫殿上空，认为是祥云伴着仙禽前来帝都告瑞；《写生蛱蝶图》，是北宋画家赵昌趁清晨朝露未干之时，边观察边调彩作的画，妙于敷色，以形传神……”想当初我翻阅起这些中国经典名画的时候，父亲给我一一讲解了画作的历史，同时也赞誉了人美社提供的原件不仅画面清晰，而且富含人文意蕴。这些古代名画的印制都是周社长对我们的信任。在印刷过程中，父亲亲力亲为，践行了一名乡镇企业家弘扬传统文化的职责与使命。

2018年，人美的同志来金坛古籍印刷厂参观，我有幸与他们近距离地接触。他们虽与父亲只有简短的交流，但却给我留下了很深的印象，深厚的文化素养溢于言表。更让我意外的是，之后没多久，一篇《一位企业家的工匠精神》便发到了我的邮箱，细细品读，字里行间，原来是他们眼中的父亲。“文化，可以让一个人走得更远，可以让一个家族走得更远，更可以让一个企业走得更远。”作者以旁观者的角度，赞扬了父亲的为人处事，提到了金坛古籍的核心竞争力——海德堡四色印刷机上实现的仿真古宣印刷技艺，除此以外，车间匠人“传帮带” 在他的描述中也得到了肯定，可持续运营也是我们在行内广受好评的关键 。“如果说专注和创新是工匠精神的两个核心要义的话，那么情感投入则是核心的核心”，作者对文化企业精神的诠释，我一直铭记在心，这不仅是我们未来发展的根本，更是父亲一辈子真实的写照。

人美社作为中国美术界的权威出版机构，在几代人的共同努力下，不断为

《广封泥考略》书影

华夏儿女输出优质的美术教育精品，坚定了中国传统文化的自信。紧随父亲的脚步，我见证了人美图书在家乡文化摇篮里孕育：《岳安杯国际书展暨论获奖作品集》，一函5册，作为书法界的重要活动之一，我们以优质技术将这门传统艺术表现得淋漓尽致；《广封泥考略》，四函24册，是书法、篆刻研究与学习者的案头书，是汉字学研究的当代最新成果，我们配合人美以手工线装完成了这不可多得的珍贵文献。在未来，我们会扮演好古籍印刷传承者的角色，在人美的大家庭中为国家的美术教育尽一份微薄之力。

人美，70年的历程，犹如我父亲的信念，给予我力量和坚持；人美，永远是我人生中的灯塔，指引我前行。

耿春霞　常州市金坛古籍印刷厂有限公司总经理

从“小人书”到美术教科书

◎ 王世宏

每个人的童年都有许多值得回忆的美好。作为“70后”的一员，在我的学龄前阶段有两样东西印象格外深刻：一个是小人酥，另一个是“小人书”。小人酥是偶尔吃到的一种糖果；“小人书”（连环画）在那个年代，可是非常珍贵的精神食粮，翻开一页就会一口气看完。当年父亲出差偶尔会带回几本，令我爱不释手。一开始是黑白的，只有封面是彩色印刷，后来渐渐有了全彩的连环画，看“小人书”（连环画）是我童年最快乐的事情之一。

告别天真无邪、无忧无虑的学龄前阶段，在20世纪70年代末，我开始上小学，除了课本外，“小人书”依然是不可或缺的课外读物。当家里边的“小人书”快被翻烂了的时候，发现小伙伴家里还有其他的没有看过的“小人书”，于是同学之间除了写作业、做游戏之外，互相交流“小人书”也成为必不可少的内容。特别是画家王叔晖绘制的连环画《杨门女将》、画家朱光玉等绘制的《岳飞传》（人美版连环画全套15册）等，都是我和小伙伴们的最爱。从那时起，除了关注故事以外，我逐渐开始关注“小人书”中的人物造型（包括服饰、盔甲、兵器、马匹）、背景（场景）等，并开始自发地临摹“小人书”中的人物。因为临摹得比较像，被同学选为美术

《杨家将》内文

新高中《美术》教材书影

课代表，后来在中学阶段继续担任了这个角色，直至考入东北师范大学美术系。

在大学阶段开始接触到画得更好的同学和老师，也开始真正地了解到什么叫人外有人、天外有天。我的同学时非、肖广兴等就是非常喜欢并擅长速写和连环画的绘制（因为他们在考学前曾临摹过大量的连环画）。后来在上水粉课时，迷上了连环画《雪雁》，那是何多苓先生的代表作之一，在全国美展中力获银奖，轰动画坛。那构图与色彩、材质与肌理中流露出作者的才气，引人入胜的情节中忧郁、低沉、幽暗的画风，流动的笔触不知感染了多少绘画痴迷者。

大学毕业后，我到北京九中任教，常去的地方是美术馆和博物馆，还有一个就是人民美术出版社。在美术教研员陶涛老师的推荐下，在人美社我实现了一名中学美术教师一个非常重要的梦想——在普通高级中学艺术欣赏《美术教学参考书》的编委中留下了自己的名字，同时还结识了一批社里和北京市的名师，如欧京海、常锐伦、刘黛琳、巩平、何墨荣、吴学敏等老师。随着与众多老师的学习、交往的加深，我见证了一册又一册的教科书和教学参考书（包括多媒体课件）从初稿到正式出版印刷的全过程，那无疑是辛勤的汗水和智慧的结晶，也正是那样一个重要的契机，我从旁观者演化成剧中人。

岁月如梭，人美社从北总布胡同 32 号迁到今天的双井新大楼，出版一流的美术书刊，打造出了中国专业美术出版社的品牌，也深刻影响着中国现代美术事业的发展进程。2021 年，即将迎来人民美术出版社 70 周岁生日，在这里我用简短的文字记录我和人美社的故事，我相信，与人美社的故事将一直持续下去。

王世宏　北京市美术高级教师，北京九中艺术教育中心主任

人美社培养了我

◎ 童介眉

1957 年至 1958 年间，人民美术出版社决定要扩大连环画创作队伍，这是为贯彻周总理等中央领导讲话精神做出的计划。社领导决定派阎大方同志到上海招聘人才。上海是近代中国连环画的发祥地，也是连环画出版的大本营，连环画作者队伍庞大。

1953 年，人美社就在永嘉路的一栋花园别墅中建立了上海办事处，据说那里曾是一位著名民主人士的旧宅，环境优雅安静。阎大方同志一番辛苦奔走后，工作很有成效，召集了一批作者。他从王重义同志处知道我这个小青年能创作连环画，而且已经出版了《队长的娘》等 3 本书，非常高兴。一天，我正在自己居住的亭子间画画。没想到，阎大方来走访。阎大方是天津宝坻人，参加革命早，是人美社连环画编辑室的老同志。他人很随和，见面后，就交给我一个《孙子和爷爷》的连环画脚本，要求我认真创作。随后，又热情地介绍了人美社要发展连环画事业，扩大编创队伍的情况，问我：“你想不想去北京工作？”对于我来说，能去北京工作，而且是去人美社画连环画，这简直是天大的好事。我一时懵了，连声说：“好！好！”

不久，我和董洪元、陈云华、陈惠冠、赵隆义、高适、朱光玉、张伯诚、王重义、赵越等 13 位作者先后来到永嘉路人美办事处集中工作。大家一人一张桌子，各画各的脚本。记得《邱少云》连环画就是我在那时候完成的。在这个大家庭里，大家亲密无间，在创作时互相观摩，取长补短。生活中互帮互助，氛围非常好。这对我绘画水平的提高帮助很大。办事处发工资实行计件制，多画多得。大家吃住在一起，星期天可以回家休息。我们的生活因此也有了保证，心情非常愉快。我是共青团员，组织关系在上海人民美术出版社。后来，我又介绍陈惠冠同志入团。在那里，我们度过了一年难忘的时光。

人民美术出版社员工在湖北咸宁干校劳动

1959 年 5 月，我们 13 人终于被调入人美社工作，工龄也从那时开始正式算起。人美社在北京北总布胡同 32 号一个古老的院内。办公地点是一个带天井的圈楼。楼东面和北面有两间古堡式的办公室，两间办公室的连接处是一条长廊。人美社的连环画创作组就在这间封闭的长廊里。刘继卣、王叔晖、林锴、墨浪、卜孝怀等画家都在这儿创作，真是群贤毕至。王叔晖担任创作组组长，郭廷荣是副组长，组内的日常工作由郭副组长负责。

创作组的前辈对我们这些新来的同志都很热情。我们请教问题，他们都热心地回答。我特别崇拜刘继卣先生。他起铅笔稿时，我总是站在一旁痴痴地看着，认真地学习。他很喜欢我，还送我一幅中国画《猫》。由于刘继卣先生名气大，那时北京的中央各大报刊常约他画插图，但他总是主动推荐我画，我认真完成了几个任务。此后，很多报刊都知道了我，稿约也接踵而来，我也有了一定知名度。这真要感谢刘继卣先生的推荐和提拔。

1964 年，社领导安排我、林锴和陈惠冠三人合作连环画《林红和她的伙伴》。

人民美术出版社北总布胡同 32 号老社址

我们一起去脚本中主人公的老家采风，体验生活，这种好的传统对我影响很大。后来，老领导姜维朴又把一个重点题材《星火燎原》安排我独立创作。我背起行囊，独自一人去福建漳岩、古田等老革命地区深入生活。先烈的英勇事迹和艰苦奋斗的精神深深打动了我，使我深受教育。我用了一年的时间精心创作，书出版后反响很好，也成为我的代表作，至今还不断再版。

1973 年，在周恩来总理的亲切关怀下，停刊多年的《连环画报》终于复刊，我担任美术组组长。为了感谢组织的关爱，做出更大的成绩，我在约稿中特别注重发掘一流作者和新作者。“文革”结束后，文艺的春天来临了。广大连环画工作者都使出浑身解数，力求使作品以最好的面貌呈现给读者。《连环画报》一时间名声大振，成为全国的一流刊物，印量最高达到 130 万册。在第六届全国美术作品展览中，《连环画报》共荣获 15 枚奖牌。我担任责编的作品中，共有 9 部获奖。20 世纪 80 年代中期，我开始担任《连环画报》副编审、副主编。

《复活》书影

后来，因工作需要，我又被调到《中国连环画》任主编、编审。1991 年，我光荣地加入中国共产党。1998 年，人民美术出版社、中国连环画出版社、荣宝斋三家单位合并为中国美术出版总社，《连环画报》《中国连环画》两刊合并，我担任主编，直至退休。

时光荏苒，我已经步入耄耋之年。当年一起由上海调到北京工作的 13 位同事后来因为各种原因，大都回到上海，只有我和陈惠冠、赵隆义最后留在人美社。回顾自己的成长经历，我真心感谢人美社的培养。

衷心祝愿人美社在新时代取得更加辉煌的成就，为繁荣中华文化艺术做出更大的贡献。

童介眉 人民美术出版社《连环画报》原主编

为传承传统书画尽绵薄之力

——记我的父亲刘松岩与人美社

◎ 刘志奇

2021年5月，父亲刘松岩离开我们一年了。责任编辑胡晓航老师告诉我，《中国传统山水画技法解析——历代传世名作步骤图》第2版修订完成。感谢人民美术出版社以这种形式延续着我父亲的艺术生命。

父亲与人民美术出版社的交往，应该从20世纪90年代后期说起。一个偶然的机会，王石之看到了我父亲的书稿，慧眼识珠，很快立项了该选题。书出版后，出乎意料大受欢迎。我父亲多次回忆：“我一生没做出多大的成绩，只是教过上千的学生，编著了十几本传统山水技法书，有许多学生由此迈入传统艺术之门，这是我足以欣慰的，死而无憾。第一本《唐宋元十六家山水技法图解》，由人民美术出版社出版，责任编辑是王石之先生，他是我的‘伯乐’，看上了我这匹‘老马’。没想到这本书一下子就畅销了。”此书受欢迎的原因，首先是书画爱好者信任人美社的品牌，其次是我父亲摸索出了一套循序渐进的“四步骤教学法”，即把一幅范画按作画的顺序分为四个步骤：一勾、二皴擦、三点染、四设色。按步骤示范、讲解，便于学画者理解，少走弯路。此书从初次印刷到现在，经几位责任编辑的接力，至今已印刷20余次，深受各地读者欢迎。

再回到本文开头的《中国传统山水画技法解析——历代传世名作步骤图》。此书于2006年出版，一上市就受到读者欢迎，本次修订前已印刷7次。人美社原总编辑林阳先生曾为我父亲写过一篇评传，其中是这样评价这本书的：“与刘松岩先生神交，应当是2005年。那年，我提出将图书市场调研机构的‘开卷’统计引入出版社。我发现，人民美术出版社登上畅销书榜的书，经常出现的有两本：一本是《唐宋元十六家山水画技法图解》，1998年出版；一本是《中国传统山水画技法解析——历代传世名作步骤图》，2006年出版。作者都是刘松岩。《中国传统山水画技法解析——历代传世名作步骤图》在编辑过程中，社里曾有不同意见，我告诉责任编辑郝丽丽，这个选题好，一定是畅销书。”

父亲编写传统山水技法书的初衷，就是想为传承传统书画尽绵薄之力。他被贾羲民、吴镜汀、溥松窗、黄宾虹、田世光等各位老师引进传统中国画的艺术殿堂，逐渐认识到祖国传统艺术的博大精深，作为一个学画的中国人，只想把传统技法和老师的教导，接过来传下去。这本书仍然按照分步骤剖析范画的勾、皴、擦、点、染、设色，循序渐进，按部就班，和在课堂上讲的顺序一致，方便学员及自学山水画者有所参考，填补了一般技法书无法展示整张画的创作过程的空白。父亲在本书的《后记》中说：“这本画册编入中国历代山水名家50人的60幅有代表性的作品，无论‘南宗’‘北宗’，这派那派，尽收入册中。往好里说，这件事千百年来没人做过，填补了一项空白。往不好里说，就是‘没有金刚钻，也要揽瓷器活儿’，不自量力，胆大妄为。为什么别人不愿干，因为费力不讨好。所选的50家大都是中国山水画发展史中带有里程碑性质的代表人物，我们恐怕一辈子也学不到家，更不用说讲解得恰如其分了。”“国画大师无暇及此；无一定基本功者，又不能为。”“我是一名教师，总不能知其是出版的空白而袖手旁观，况且这也是教学的急需，尤其是中老年朋友学习优秀传统中国画的急需。”

说到《中国传统山水画技法解析》，还有一个有意思的花絮。因为在确定选题过程中有不同意见，最后将此书交给了摄影编辑室。可能是为了有摄影编辑室的特色，在封面设计中，以传统山水画为底图，上面罩了一层单反相机对焦距的裂像，这在众多传统中国画技法书中也算独树一帜。

现今一些有识之士仍在为传统书画的传承默默耕耘，我父亲的心愿就是成为其中的一个过河卒子，力争做到“但行好事，莫问前程”，站在讲台上“倾囊相赠”，把自己掌握的知识毫无保留地传给学生，同时写些为传统书画“鼓与呼”的普及读物、文章。在此书出版前后，人美社还出版了我父亲编著的《画

长城 学山水》《芥子园画传山水实用教材（上下册）》《案头画范——刘松岩画山水》和八开四卷本《刘松岩教山水（水墨篇、工笔重彩篇、斧劈皴篇、文人画篇）》《明清十六家山水画技法图解》等。

人美社原总编辑林阳先生曾多次到家中探望，并在评传中说：“刘松岩的著作在人民美术出版社出版的竟有 9 种之多（笔者注：至 2021 年，将总计出版 12 种），这也是不多见的现象，一方面说明刘松岩先生对出版社的信任，另一方面说明出版社对刘松岩先生的重视。以他的美术技法图书发行量来说，称刘松岩为杰出的美术教育家也许更合适。”林阳先生建议我父亲续编《明清十六家山水画技法图解》（已于 2018 年出版），这就使唐宋元明清名家山水技法得到较为完整地呈现，对于醉心历代传统山水画技法的广大专业及业余爱好者来说，不啻一套很好的研习资料。当时我父亲已年近 90 岁，欣然接受了建议，并且把技法分析从四步骤丰富为六步骤，讲得更为详细。此书出版前，需要录制一段示范的视频与之相配套，当时我父亲已有严重的眼疾，握笔也比较困难了，但他依然完成了录制。

刘松岩在家中录制示范视频

在我父亲 90 高龄时，完成了最后一本技法书《明清山水扇画技法图解》，书稿已在二审中，不日应该付梓了。

我们姐弟二人也与人美社的各位编辑有了很深的交往。我姐姐刘黛琳是美术教师，同时兼任人民美术出版社全国初高中、北京初中美术教材主编、副主编，与教

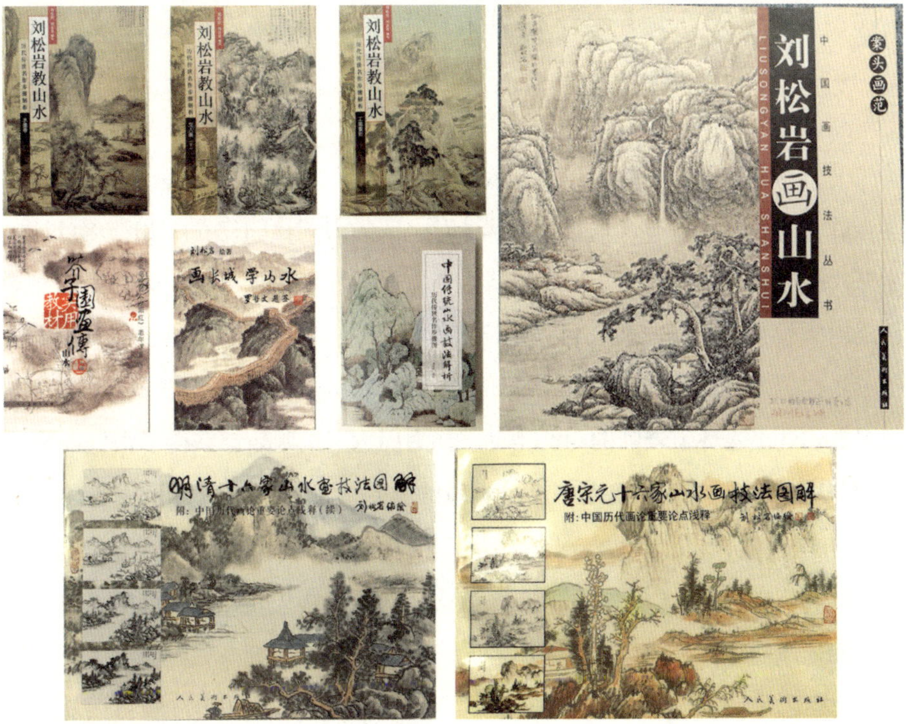

刘松岩人美版部分图书封面

材中心的各位同事熟悉自不必说。我是从《唐宋元十六家山水画技法图解》始就协助父亲编写技法书，翻拍或复印、文字录入、校对等工作基本承包了，包括对版式的设想都会与编辑交换意见，也会替父亲与编辑一起去审图、调图，与各位编辑相处融洽、愉快。

在20余年与人美社的交往中，王石之、刘继明、陈振新、郝丽丽、赵朵朵、霍静宇、胡晓航、张雪梅、李乘等各位老师和教材中心各位领导和编辑付出了心血，给予我父亲极大的尊重。在人美社70年社庆之际，特向各位领导、编辑致以深深的谢意，并祝人民美术出版社再续辉煌！

刘志奇　原民进中央社会服务部副部长

从读者到作者

◎ 莫　阳

自小读人美社的书长大的我，如今有幸成为人美社的作者。2019 年 8 月，小书《藏器——青铜器的文化与收藏》在人民美术出版社出版，这是我第一本正式出版发行的作品，实在让人难忘！而我与人美的结缘比这更早，在 2016 年，我作为《最美中国画 100 幅》的作者，有幸与人美社合作。两本小书得到编辑和各出版环节老师的尽心帮助、倾力而为，出版后都获得了很好评价，甚至获得业内奖项。在我尚在起步阶段的学术生涯中，这些都是宝贵的记忆和财富。

小书草成，心中一直忐忑。必须承认，就历史悠久并拥有持续活力的青铜器研究领域而言，我只是个“好事者”，从未敢妄言研究，只是止于兴趣。

回想起来，第一篇关于青铜器的学术论文写作于 2008 年，题目很复杂，叫《商周饕餮纹研究学术史述略》，研究初衷可以说完全出于对饕餮纹本身的兴趣。但是当时的我并没有能力进行研究，只能先做学术史梳理。毕竟按照学术的规范，在提出问题和解决问题之间，有个很重要的步骤，那就是搞清楚历史上的研究者是怎么看的。

实际上，这篇幼稚而不成熟的论文之所以让我十多年后仍然记忆犹新，主要因为它是我完成的第一篇真正意义上的学术论文。写作的过程艰辛却有趣，第一次体会到将精神延展到一个广阔的空间中与前贤对话……这个过程让我有了很大收获，比起知识的积累，对学术的兴趣无疑是更重要的。正是在对未知世界的探索中，不断拓展自己认知的边界，让我找到了一种深沉的快乐，此后再也没有一种乐趣可以替代。在梳理饕餮纹研究学术史的过程中，我又隐约察觉到客观真实难以追求，亦无法判断此解释与彼解释的是非对错，甚至对是非对错本身是否存在都产生了怀疑。我并不是一个历史虚无主义者，

《藏器——青铜器的文化与收藏》书影

但是作为一个美术史研究者，我却始终对图像的可解释性本身持有谨慎态度。当文献材料缺乏，或者说当人们对于那个时代本身都缺乏全面认识时，又如何解读这些“历史的陌生人”创造并使用的图像？更进一步而言，什么是一幅图像的真实含义？是创作者定义的？是拥有者定义的？还是图式的发明者定义的？我无法说服自己，因此时常选择回避解释而另寻他路。这本小书亦是如此，主要是对器物本身、器物的制作和流传过程的描述，甚少深入本体进行意义的阐释。

《藏器——青铜器的文化与收藏》一书能顺利出版，最需要感谢本书的责任编辑秦晓磊女士，正是她的不断鼓励和帮助，让我有勇气将不甚成熟的文章拿出来和读者分享。时值人民美术出版社成立 70 周年，有幸能送上最真挚的祝福，也希望在不远的将来，继续有机会和人美合作，共同成长！

莫阳　中国社会科学院考古研究所助理研究员

传承连环画的基因

◎ 吴九沫

《沸腾的群山》封面

五年前的一个夏夜，我和爱人在后海边的小路上遛弯，沿途看到一个书摊，摊主自个儿坐在一边扇着扇子与人聊着天，在他面前摊开着许多本连环画。这些连环画引起了我的注意，我是不会画连环画的，只是看着，惊叹着这么小的画面上描绘着如此生动的人物，而且画面那么有美感。书摊儿上除了一些名著故事，我还发现一套人民美术出版社出版的五册的《杨家将》连环画，书里面的黑白线条描绘得十分精到，故事也很吸引我，于是把它买下，想着将来可以留给小朋友看。

这个连环画书摊让我想起了我的爷爷。我的爷爷吴富佳会画连环画，代表作是人民美术出版社出版的《沸腾的群山》。小的时候，我在爷爷家看到过一张爷爷奶奶1955年11月12日的结婚照，那时他俩刚从东北美术专科学校（鲁迅美术学院的前身）毕业，在全国支援鞍钢的大背景下，成绩优异的他们被分配到鞍山。爷爷 20 世纪 60 年代开始创作连环画。与那时的画家们一样，爷爷会先带着速写本去矿山、下矿井画速写搜集素材，回来勾画草稿，再用墨线定形。我的爸爸回忆他小时候说，当时一早睁开眼睛总能看到爷爷伏案工作的背影。之后也是因为连环画，爷爷带着爸爸登上了开往北京的火车，一起住在人民美术出版社的家属楼，《沸腾的群山》在这里最后成型。1973 年，人民美术出版社出版了汇聚着爷爷心血的《沸腾的群山》连环画。

时代在发展，曾经辉煌的工业文明逐渐落幕，从机械时代到如今的信息技术时代，人们的注意力被电视、手机等屏幕所吸引。“读屏时代”，人们开始依赖对着照片画画。去矿山、下矿井去体验生活，描画面前的真实人物，体验此时此地对人的直接感受变得越来越少，读书也成为让人向往甚至奢侈的事情。我的女儿 3 岁了，越来越觉得需要找一些有深度和内涵的书来给女儿看。简单浅白的日常趣事不足以塑造孩子的内涵、人格和品质。除了古诗词，我还想要把中国传统的精神力量和审美添加到女儿的启蒙里，注入基因里。我又想起了之前在那个小人书摊上买的那套《杨家将》连环画，打开那么巴掌大的小人书，一页页翻下去，竟不由自主地读出了感动。上百张的画面，画家没有一处敷衍，勾线的力度，画面构图的讲究，山石、人物中所传达出的中国画的传统功力，再看内容，杨家将的忠义、勇敢、正直等优秀品质……这一切深深打动了我，女儿也看得津津有味。

爷爷画的连环画《沸腾的群山》和《赤橙黄绿青蓝紫》近几年又在人民美术出版社再版了，纪念时代的重大历史进程中，爷爷做出了他的努力和贡献，连环画完美承载了爷爷的梦想，他的梦想这么令人尊敬，令人感动。如今连环画在我心里也是这样，可以塑造人的品格、意志，中国文化的精神在连环画中能更好地传递。一位位作者已成为连环画史上的丰碑，升腾成一个时代的精神图腾。这种精神的力量和家族传承，在我年幼时没能体会好，但现在，我在心里觉得它很亲切也很重要。正值人民美术出版社建社 70 周年，回忆过去，感谢爷爷带给我的感动，感谢连环画带给我精神的洗礼，祝贺人民美术出版社生日快乐！

吴九沫　清华大学博士研究生

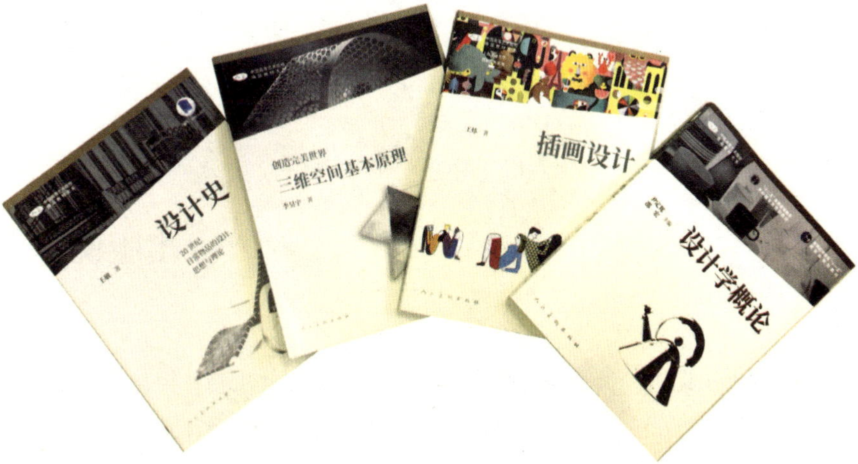

“中国高等艺术院校精品教材大系”之部分教材书影

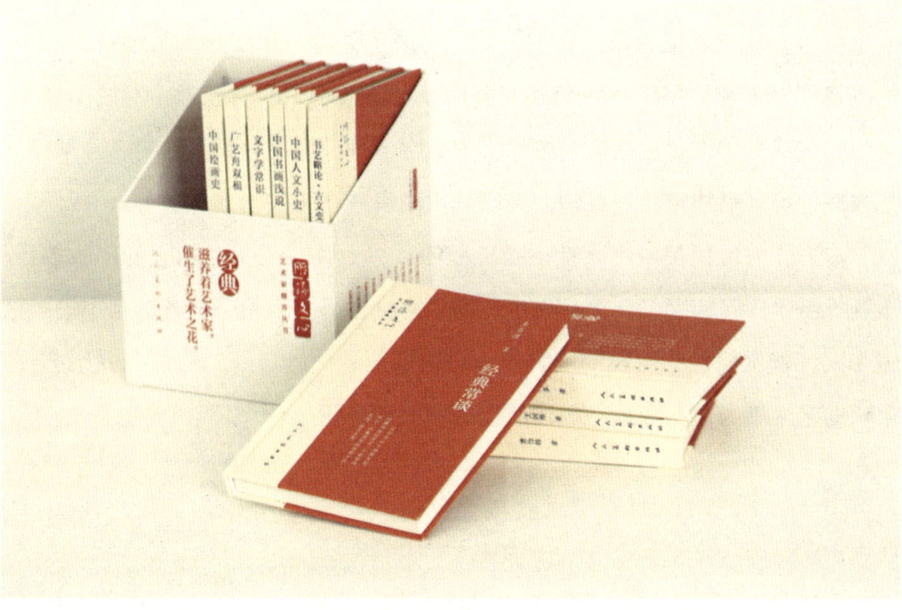

“雕琢文心·艺术家修养丛书”书影

出版说明

人民美术出版社（以下简称“人美社”）成立于 1951 年，今年迎来了 70 周岁生日。在喜迎社庆之际，人美社围绕纪念建社 70 周年的主题进行征文，邀请广大读者朋友以及与人美社有交往、有“故事”的艺术家，以最本色、最简单的方式——撰写文字来讲述与人美社的故事，并结集出版征文选，为 70 华诞献上一份特别的礼物。

本征文选分为“怀念”“礼赞”“滋养”“嘤鸣”“记忆”“共赢”“传承”七个部分。文章感情真挚，朴实无华，记录了作者、读者与人美编辑的交往以及回忆人美往事的点点滴滴，展现了对“人美”、对艺术、对图书发自内心的热爱。作者包括高校教师、中小学老师、博物馆研究人员、画家、艺术理论家、书法家、设计师、连环画收藏者、图书发行合作方等。

本书作为人民美术出版社出版历程的载体，几代人美人精彩的出版故事跃然纸上，建构起了一个薪火相传的“意义世界”。希望翻开这本小书，每个人都能重温色彩斑斓的旧时光，致敬那些逝去的曾经，更能感受历久常新的艺术魅力，在成绩中汲取前进的勇气和力量……

人民美术出版社